文治
© wénzhì books

ディーリー2

人生删除事务所

·归零·

[日] 本多孝好 著
吕灵芝 译

“dele” [yes/no]

四川文艺出版社

目录

Unchained Melody 奔放的旋律

尽管这里是地下室，电梯门后的走廊却总是很干燥。真柴祐太郎穿过昏暗的走廊，打开尽头那扇门。事务所里没什么东西，天花板又很高，给人留下空荡荡的印象。坂上圭司今天也待在老地方。他坐在别处从未见过的简约轮椅上，面向摆着三台显示器的办公桌。那个样子在祐太郎看来，就像端坐在特种飞行器座舱里、身怀特殊技能的飞行员。

祐太郎把自己带来的纸袋放到桌上。圭司抬起头来。

“然后呢？”

圭司看也不看一眼纸袋，直接问道。

“这是我买的土特产竹叶团子。”祐太郎说。

圭司瞥了一眼纸袋，点点头，又问了一遍：

“然后呢？”

“那真是个好地方。广阔的天空下是一望无际的田园，蔚蓝的天上飘着白云，稻穗在底下摇曳。那种地方种出来的大米肯定很好吃吧？啊，要是大米好吃，那当地的米酒肯定也很好喝，而且那附近就有个很有气氛的温泉小镇。”

圭司靠在轮椅靠背上，疑惑地看着祐太郎。

“你说啥呢？”

“我说，要是能在那儿住一宿就好了。”祐太郎说，“要是你让我住上一宿，那我肯定能多汇报很多东西。”

“我只要你汇报一件事。”圭司白了他一眼，哼了一声，“委托人确实是死了，没错吧？”

“死了。”祐太郎点点头，“绝对没错。和尚在那儿念了好久好久的经，不必担心他还能活过来。”

“是吗？”

圭司点点头，把轮椅转了个角度，打开了旁边的笔记本电脑。只有通过这台被圭司称为“鼹鼠”的电脑，才能查看到委托人留下的数据。

圭司的指尖在触摸板上移动了一会儿，然后抬了起来。祐太郎忍不住哼了一声。那是他下意识的反应，因为当圭司的手指点下来，委托人跟这个世界的缘分就会被切断一点。圭司做这个动作时虽然面无表情，但没有了以前那种冷淡的感觉。可能就像今天那些念了好久好久经的和尚一样，圭司也在心中祈祷着委托人的灵魂安宁吧。尽管祐太郎的想法发生了转变，在亲眼看到那一缕缘分被切断的瞬间，他还是会产生某种类似疼痛的感觉。

去世的老人享年七十多岁，喜欢崭新的东西、甜的东西，还有年轻姑娘。在务农的同时，还长年担任村议会议员一职。他一直留到最后，并要求随着自己的死而抹除的数据，究竟是什么呢？

祐太郎想了想，可他并不熟悉这位老人，因此想象不出任何具体的东西。他们对这位老人几乎一无所知，真的能就这样删掉他的数据吗？祐太郎还是感到无法释然。他把目光从“鼹鼠”上转开，转而凝视着桌子一角。不知为何，他脑海中浮现出了老人房子门口那段彻底干枯的老树残桩。

“人啊，很难充满戏剧性地活着，也很难充满戏剧性地死去。”

等他回过神来，发现圭司已经合上了“鼹鼠”，正淡淡地看着他。

“就在刚才，一组陌生人的数据从这个世界上消失了，那组数据足以让你的心发生动摇——这种可能性无限接近于零。”

“哦，嗯。”祐太郎点点头，“这我知道。”

当然，那可能只是不希望让家人知道的，跟老伙计们瞎胡闹的证据而已，也有可能只是一堆色情影片罢了。事到如今，他已经无从得知。因为删除的数据“虽然理论上也许可以恢复，但依照目前人类的信息技术，基本不可能”。

祐太郎从桌边走开，像平时一样坐到了沙发上。在此期间，圭司也回到了台式机的显示器前，搞起了什么操作。没有工作的时候，事务所基本就是这种感觉。祐太郎一度想学学电脑，还跑去看过圭司的工作，然而画面上满是英文字母和各种符号，祐太郎根本不知道圭司在干什么。他也问过，圭司只说“我在寻找入口”“我在刷系统”“我在复习”，听得他一头雾水。对方丝毫没有积极教导的意思，祐太郎也很快就放弃了。

“对了，不久前我听舞小姐说，你去医院了？”

祐太郎拿起沙发上看了无数次的杂志，随口问了一句。圭司的姐姐坂上舞在这座大楼的楼上开了一家律师事务所，也是大楼的所有人。

“是去看腿吗？只要你说一声，我就带你去了呀。”

“不，没必要。”

祐太郎本以为他只会哼哼两声，没想到圭司竟给了他清楚的回答。他抬起头，发现圭司已经没在看屏幕，而是看着他。

“没必要？”

“在医院要办的事已经办完了。”

“哦，这样啊。”

他几乎从未跟圭司正面谈论过腿的事情。祐太郎觉得这种事很难问出口，而圭司也从未主动提起过。现在，圭司两条腿的膝盖以下都没有知觉。这还是舞告诉祐太郎的。

“当时他才读高二吧，有一天突然说脚尖麻了，就去医院看了一下，但是没有查明原因。医生尝试过很多种治疗方法，都没有效果。后来脚尖彻底没了知觉，而范围还渐渐向上扩大。

最近那个扩张好像停下来了，但是谁也不知道今后是会继续扩大，还是一直停着。”

“治不好吗？”

“医生说最好还是坚持运动疗法，不过二十岁过后，圭就不再去医院了。”

“为什么不去了？”

无论运动疗法多么痛苦，圭司也不是那种会选择逃避的人。

“不过是为了能走路，就要如此拼命吗？”

舞用满不在乎的语气说完那句话，无可奈何地笑了笑。

“啊？”

“当时圭对医生说的话。那小子性格就是这样。”

“哦。”

他对毫无效果的运动疗法失去了耐心，干脆撂下一句狠话，决心自己另辟生路了。想象着二十出头的圭司那张一点都不可爱的脸，祐太郎也忍不住笑了起来。

“父亲生前也很担心圭，而且比起他的腿，反倒更担心他那个性格。所以上回我听说他去医院，心里特别高兴。我觉得，圭自己也在一点点发生着改变吧。这可能多亏了祐太郎。”

舞在上周对他说了这些话。不过既然“在医院要办的事已经办完了”，那看来圭司并没有打算重新开始治疗。

祐太郎正琢磨是不是该跟圭司谈谈这件事，却听到了“鼹鼠”苏醒的声音。他从沙发上站了起来。

跟“人生删除事务所”签约后，委托人首先需要在自己指定的电子设备上下载安装圭司制作的应用程序。那个应用程序会定期与“人生删除事务所”的服务器通信。如果指定设备未操作时间超过了委托人设定的时间，服务器就会做出响应，让“鼹鼠”苏醒。得到通知后，祐太郎要去确认委托人是否已经死亡。一经确认，圭司就会操作“鼹鼠”删除委托人指定的电子设备上的数据。

祐太郎走到办公桌前，圭司已经打开“鼹鼠”开始查看委托内容。

“这次的委托人叫横田英明，三十五岁。他设定电脑超过七十二小时无人操作，就将上面的某个文件夹删除。”

圭司操作触摸板，然后咂了一下嘴。

“连不上那台电脑。可能不是委托人没有操作，而是没电关机了三天吧？”

由于应用程序一直在后台运作，委托人几乎没机会意识到它的存在。因此，他们也曾数次遇到委托人忘记了自己签的合约，让设备处在无法与服务器通信状态的时间超过了设定时间。

“你先去确认死亡情况，这是电话号码。要是委托人真的死了，那就想办法把他的电脑打开。”

“呃，没别的信息了？”

祐太郎问了一句。为了方便交流，他多少要了解一些有关委托人的信息。

“不能看手机吗？”

“这次的委托对象只有电脑，再就是留下了紧急联络用的电话号码。委托人没在手机上安装我们的应用程序。”

“那不就啥情况都不晓得了。”

“如果他用的是智能手机，我可以植入恶意软件。你需要吗？”

“恶意软件？嗯？那是病毒？你要黑进去？不，那还是算了。嗯，知道了，我想办法就是。”

就算假冒不了很详细的身份，做个死亡确认应该没问题。这样想着，祐太郎拨通了“鼹鼠”屏幕上显示的手机号码。通常情况下，这种电话要么打不通，要么没人接。不过这回很幸运，电话一下就接通了。

“你好。”

接电话的是个女人的声音，听起来不年轻了，地点好像在户外，因为背景声音有点嘈杂。祐太郎发出意外的声音。

“咦？这是横田哥——横田英明先生的手机没错吧？我姓真柴，请问横田哥在吗？”

“英明他……”

对方说到这里，轻叹了一声。

“去世了。我叫横田优子，是他的母亲。”

祐太郎很不忍心对刚失去孩子的母亲撒谎，可他实在没别的办法。

“我是他朋友。怎么，横田哥去世了？什么时候的事？”

“他前天在池袋的路上突然倒下了，被送到医院后，当天就不行了。我收到了联系，一个人过来准备把他带回家去，现在正在等船。”

她可能因为儿子的死而乱了方寸，也可能心情十分抑郁，说的话有点不得要领。她的口音有点重，但祐太郎听不出是哪里的口音。

“那个，您说等船是……”

“上岛的船。呀，船已经来了。”

委托人来自外地某个岛上，前天在路上倒下，被人送往医院，但当天就死亡了。后来医院联系到他老家，于是其母亲独自来到东京，确认儿子死亡后，今天领取遗体准备回老家。他大致猜到了这样的情况，同时忍不住想象了带着儿子遗体踏上旅程的母亲的心境。

“我们打算搞个只有亲人的葬礼，等结束后再联系您。”

对方说了句“不好意思”，就要挂掉电话，祐太郎慌忙提高了音量。

“那个，DVD。我借了DVD给横田哥，里面是我自己拍的纪念视频。这种时候提起来真是不好意思，可我真的希望能拿回来。请问您有横田哥的电脑吗？横田哥是用电脑看的DVD，说不定还在里面。”

祐太郎打开了扬声器，让圭司也能听到通话内容。

“电脑吗？我没见到什么电脑，可能在他住的地方。”

可能她还没有平静到能够冷静谈论儿子的程度，说着说着就要停下来平复一下情绪。而且，从她的言辞之间也能听出来，她不想说太久的话。祐太郎感到很对不起那位阿姨，但还是假装成不顾别人感受的人，继续说了下去。

“那个，他住的地方是……”

“就是英明在目白租的房子。因为事出突然，我一直没去动过。宗介说他会去整理，等找到了我会联系您。”

一个新名字出现了。

“宗介？”

“对，他弟弟宗介。”

听对方的语气，似乎认为他一开始就该知道。想必是横田英明有个叫宗介的弟弟，而且也在东京吧。

“哦，原来是横田哥的弟弟啊。宗介君。啊，知道了，知道了。”

“您认识他吗？那我就叫宗介联系你吧。”

对方说完又要挂电话，祐太郎不得不再次提高音量。

“啊啊，不是，我不认识宗介君，只是听横田哥提过他的名字。啊，DVD 说不定被他放在邮箱里了。上次我们就这样交换过一次东西。横田哥把要给我的东西放进邮箱里，然后我去取。我知道邮箱怎么开，可以去看看吗？”

“那您就请去吧。”

“横田哥住的地方是在那里吧，目白的……”

“是叫维德目白的公寓，您随意过去吧。那先这样，失礼了。真抱歉。”

再追着她说下去未免有些残忍，于是祐太郎没有说话，准备由着她把电话挂掉。然而，那位母亲并没有挂电话。

“您是叫真柴先生，是吧？”

她犹豫了一会儿，又开口道。

“对，是真柴。”

“您是英明的朋友，没错吧？”

祐太郎忍住良心的疼痛，对着电话点了好几下头。

“对，我是他朋友。”

“谢谢你做他的朋友。那孩子在这里一个朋友都没有。”

吸鼻涕的声音。

“那孩子性情温柔，没法好好说出自己心里的话，所以总是被人轻视。”

他很想以朋友身份说一些称赞故人的话，可是一个字都说不出来。

“请您为他一直记着美好的回忆。”

电话被挂断了。

“情绪很不稳定啊。”圭司一边操作电脑一边说。

“孩子突然死了，这也不能怪她。”

祐太郎关掉通话界面，长叹一声。

"叫我只记住美好的回忆吗？莫非发生了很不好的事情？"

"没有这么深层的意义吧？"

圭司想了想，然后摇摇头。

"算了。我刚刚把公寓地址发到你手机上了。"

"好，我先去看看吧。"

维德目白是离车站很近的老公寓，从房门间隔来看，每个房间都不宽敞。祐太郎在邮箱上找到"横田"这个姓，然后上到了二〇一号房。他按了一下门铃，没有回应。确认走廊上没有监控摄像头后，他取下了牛仔裤皮带环上的钥匙圈。上面除了他家钥匙，还各有一把铁钩和压片。他把压片塞进去，用铁钩寻找锁针，大约用了三分钟，祐太郎便走进了委托人横田英明的房间。

这里虽然是个狭小的一室一厅，不过从地段来看，房租应该不便宜。床、书桌、椅子，很多家具都挺值钱。另外还有各种乐器。连在笔记本电脑上的键盘，连在一台小机器上的吉他，还有装在盒子里的好几把吉他和贝斯。他母亲好像没有进过房间就回去了，因为地上还扔着脱掉的脏衣服，烟灰缸里也有烟头。

再看房间里的架子，上面摆着许多乐谱，几乎全是乐队总谱。其中有很多外国摇滚乐队的谱子。

那个架子上还有个倒扣着、堆满灰尘的相架，祐太郎把它拿了起来。里面的照片应该很老了，有一对四十岁左右的夫妻和两个男孩子。哥哥英明应该在读小学高年级，弟弟宗介则在低年级。英明长着圆圆的脸，两只眯眯眼，还有一个扁扁的圆鼻头，再加上厚嘴唇无力地耷拉着。那张脸简直就是丑小孩的范本。他旁边的弟弟宗介长着一张英气的脸，衬得他更不好看了。

“你要加油啊，哥哥。”祐太郎微笑着想到这里，突然意识到这个哥哥已经死了。他把目光转向在两个孩子身后微笑的母亲。

“谢谢你做他的朋友。”

祐太郎想起那句话，心里有点难受，就把照片放了回去。就在这时，门铃响了，然后又响了一下。祐太郎屏住了呼吸。他希望门外的人没听到回应就会离开，没想到这回又传来了哐哐的敲门声。他想到自己进来后便从里面把门锁上了，就说服自己冷静下来。不管对方是谁，短时间内都进不来。

他轻手轻脚地走过去拔掉键盘线，拿起电脑装进包里，顺便把落在旁边的电源线也一块儿装了进去。然后，他又静悄悄地摸到门口，拿起自己的运动鞋，回到屋里。在此期间，门铃又响了一次，对讲机里传出声音。

“我是警察，家里没人吧？”

“警察？”祐太郎忍不住咕哝道。

“我要开门啦。”

“你还有钥匙啊。”

祐太郎小声抱怨了一句，环视周围，检查有没有遗漏什么东西。一圈看下来，除了刚才放进背包里的电脑，并没有其他能保存数据的东西。于是祐太郎把鞋穿上，走到里屋打开窗户，紧接着，忍不住提高了音量。

“怎么这样。”

他还想着这里只是二楼，但没想到公寓建在一道斜坡上，楼背面比他刚才走的正门地势要低很多。

“刚才是不是有人说话？”

对讲机又传出声音来。那东西好像一直保持在通话状态。

“我也听见了。你快开门，停下干什么？”

这里跟旁边大楼之间有一道栏杆。确认这个细节后，祐太郎把背上的背包抱在怀里，从窗户纵身一跃，成功踩到了栏杆上。失去平衡的身体往栏杆下倒，他顺势一歪，蜷成一团让背部先落了地，然后就地一滚，缓解了冲击。一切动作都在他的计算之中。

“不过还是好痛啊。”

啊，痛死了——他挺身而起，同时听到了声音。

“你给我站住！”

他抬起头，刚才那扇窗后出现了一个身穿西装的年轻男人。如果他真的是警察，那想必是便衣刑警了。那人身后又出现一个中年男人，但很快消失了。祐太郎意识到他是要从正面楼梯绕过来，于是拔腿就跑。他边跑边把包重新背到背上，又听见一个声音。

“啊，等等，嘿！”

紧接着是一声钝响。他惊讶地回过头，发现那个年轻刑警比他刚才还要狼狈地倒在了地上。他想头也不回地逃走，但是没能迈开步子，因为那个刑警一动都不动。

“那个……”祐太郎叫了一声，“啊，欸？你没事吧？”

没有回应。祐太郎战战兢兢地靠了过去，发现俯伏在地的刑警一点反应都没有。他蹲下身子，把刑警的身体翻了过来。刑警磕破了额头，还在流血。

“哇，这肯定很痛吧，要是晕了说不定还好受点。”

祐太郎站起来，掏出裤子后袋里的手机。

“我这就给你叫救护车。”

他调出通话界面，刚按了两下“1”，就被人抓住了脚脖子。

“呜哦！”

他忍不住一挣，当场后退了几步。只见刑警顶着流血的额头，死死盯住祐太郎。

“我记住你这张脸了。”

他又伸出手来要抓祐太郎的脚，那个光景着实有点恐怖。祐太郎看见中年刑警出现了，便把手机收了起来。

“你被打了？没事吧？”

中年刑警从远处跑过来，边跑边发出吼声。

“啊——不是，你误会了。我可啥都没做，啥都没做啊。那啥，救护车我还没叫，如果有必要，麻烦你叫一下哦。”

祐太郎对中年刑警喊了回去，又对脚下的刑警说了一句“那啥，你保重”，然后转身就跑。

“站住！”中年刑警的声音。“别跑！”年轻刑警怨恨的声音。祐太郎头也不回，一溜烟地穿过围墙与大楼之间的小巷子跑掉了。

圭司在委托人的电脑上插上了电源线。

“与其说电池没电了，这样子更像电池基本报废了啊。”

他按下电源键，笔记本电脑开始嗡嗡作响，屏幕上悠悠显示出操作系统的标识。

“这还真的要直接操作才行，还好让你去拿了。”

圭司把轮椅转了一下，打开“鼹鼠”的屏幕。

“还好？圭，你有没有听我刚才说的话？就是为了去拿那玩意儿，我被两个刑警追了。一个刑警还自己受伤了，怪到我头上，还说记住我这张脸了。我看他一副很记仇的样子，不会有问题吧？要是我被随便安个罪名逮捕了可怎么办？”

“别担心，那种事舞最喜欢了，她一定会帮你辩护的。”

圭司指着天花板说。

“你能不要以我被逮捕为前提安慰我吗？帮我想想避免被逮捕的办法啊。”

“只要你不暴露身份，就不会有问题。”

“要是暴露了身份呢？”

“你要怎么暴露？”

“比如那啥，地毯式询问、人海战术什么的。”

“区区一个私闯民宅，不至于做到这一步吧。”

“那不是执勤中的事故吗？上头的警察肯定会特别关照啊。”

圭司被他烦得不行，抬头看了过去。

“那你叫我怎么办？”

“既然刑警都找到家里来了，我们的委托人横田哥一定是被卷进什么案子里了。你让我看看他委托删除的数据，说不定能知道点什么。要是能给警察提供点信息，我也不会遭人怨恨了。”

“数据我不会给任何人看。我的工作就是确认委托人死亡后，不着痕迹地删除那些数据。”

“你总这么说，以前不也有过还是看了数据更好的例子吗？”

圭司皱起了眉，盯着斜上方看了一会儿，随后又盯着祐太郎的脸看了一会儿，然后奇怪地反问：

“有过吗？”

“你少来，不是有过吗？反倒是从来没发生过看了又后悔的事情，难道不是吗？”

圭司又想了想，然后说：

“我觉得几乎每次都是看了也没什么改变。既然没什么改变，那么剩下的就是礼数问题了。委托人交给我们的，是他内心最柔软、最脆弱的部分。要是轻易去触碰，你不觉得是对死者很失礼的行为吗？”

“礼数嘛，这个嘛，我不是不明白。”祐太郎说，“可是你瞧，人家刑警都受伤了。”

看到委托人的电脑总算启动起来了，圭司便转身去敲“鼹鼠”的键盘。

“啊，你先别删啊。”祐太郎慌忙说，“这个礼数问题我懂了，可我也不想因为别的什么小事被逮捕，所以圭你什么都不用做。你现在是不是想尿尿？特别想尿尿？快去吧，‘鼹鼠’就放着。”

“我不想上厕所，而且这次看来是没什么东西可看了。”

“嗯？没有？”

圭司把“鼹鼠”的画面转向祐太郎，只见文件夹里排满了一模一样的图标。

“委托删除的全是声音数据，从扩展名来看，应该是音乐资料。可能是什么乐曲吧。”

“乐曲？是不是横田哥自己作曲的啊。”

祐太郎对圭司说，委托人房间里放着各种乐器，还有很多乐队总谱。

“委托人确实可能是作曲家。”圭司轻轻点头道，“他委托删除的有可能是未完成的作品，要么就是失败作品，也有可能是一些碎片创意。总而言之，委托人并不打算在自己死后把这些东西留在世界上。要是让刑警听了，他肯定不会高兴吧？我删了。”

圭司把“鼹鼠”的画面转了回去。

“等等，那真的只是乐曲吗？说不定是伪装成音乐资料的其他资料啊。反正听一次就知道了，你就让我听一次嘛。”

圭司抬起头，定定地看着祐太郎。随后，他靠在轮椅靠背上，轻叹一声。

“搞什么鬼，你有话直说啊。”

“啊？什么？”

“你为什么非要知道数据内容。你对我隐瞒了什么？”

“啊……”祐太郎一时语塞，然后企图用傻笑蒙混过关，最后放弃了挣扎，“我掉东西了。”

“掉啥了。”

“驾驶证。”

“掉哪儿了？”

“不记得了，不过可能是跳窗的时候掉的。”

“让警察给捡走了？”

“啊……不过我跟商店点卡什么的放在一块儿，没有专门放着驾照的感觉，他们说不定会看走眼。”

“也有可能没看走眼？”

“啊，嗯。有可能被捡走了。”

圭司带着发自内心的无奈叹了口气，点了点“鼹鼠”的触摸板。祐太郎还以为他气得马上删掉了数据，原来不是，因为

“鼹鼠”放起了音乐。

“因为你的话太无聊，我不小心手滑了。”

圭司说着，推动轮椅离开了办公桌。

“啊，你要去哪儿？”

“小便。我憋好久了。”

圭司推着轮椅匆匆离开了事务所。其实屋里也有厕所，想必他是不愿跟祐太郎同流合污吧。

“给你添麻烦了。”

祐太郎朝圭司关上的大门低下头，然后绕到桌子另一头，盯着“鼹鼠”屏幕。如果每个图标都是一首曲子，那么委托删除的文件夹里就足有四十首曲子。正在播放的是一段很容易就能跟着哼唱的乐队混音，文件名叫“sayonaranokatachi”，意思应该是“再见的形状”吧。里面没有人声，只有电子琴的旋律。

听了一会儿那首曲子，祐太郎又换到下一首曲子。文件名叫“clockworkdog”，“发条犬”吗？这首曲子的乐队混音同样很吸引人。如果这是委托人横田英明作的曲，那么他一定是个很有才华的人。疾驰的节奏、蜿蜒的旋律，等他回过神来，身体已经在摇摆了。祐太郎听了一会儿，又换到了下一首曲子。文件名叫“flowing”，这回变成了中速的悲伤旋律。曲子同样没有加入人声，不过仅凭旋律就让他想象出了一片光景。比如夏日尾声，与尚未成为恋人的人走在土路上，旁边有一条小河流淌，蝉鸣，淡淡的相思，让胸口紧绷的单恋。

大约三十分钟后，圭司回到了事务所。祐太郎正在听第十首曲子。

“有什么发现吗？”

“发现倒是还没有，你觉得这个怎么样？”

祐太郎指着“鼹鼠”说。那首曲子名叫“silentorion”，意思应该是“静谧的猎户座”。那是一首很有宏大感的叙事曲。冬夜，独自躺在山丘上仰望星空。宏大的宇宙，漫天的星辰，比星辰还要渺小的自己，仿佛隔着永远的距离。

“这曲子很不错吧？”

祐太郎问了一句，正在侧耳倾听的圭司点了点头。

“是啊。要是能在歌词里融入青春的烦恼，让一个漂亮的女孩子来唱，肯定会畅销。”

“啊？你那是什么评价？我觉得这曲子很不错啊。”

“我不是赞同了你的话吗？”

“你刚才那叫赞同？”

“就是赞同。我能删了吗？”

“听都听了，干脆听完呗。”

祐太郎切到下一首曲子。这又是一首旋律很吸引人的曲子，他用脚踩着节奏，不一会儿就发现自己知道这个旋律。

“嗯？这到底是怎么回事？”

祐太郎指着“鼹鼠”说。圭司回到老位置上，看了看祐太郎指的地方，然后抬起头。

“什么怎么回事？”

“就这个啊。你不知道这首曲子吗？碰撞的。”

“碰撞？”

“碰撞检测乐队啊，很火的。”

“这乐队名好奇怪啊。”

“是吗？其实我也不太了解那个乐队，但我知道这首曲子。叫《碎片星谣》。”

他看了一眼文件名，果然是“kuzubosinoballad”。

“这首歌两年前可红了。因为是电影的主题曲，那部电影又特别火，所以当时电视和广播上总能听到这首曲子。欸？你没听过吗？”

“没有，有也不记得了。”

“你竟然不记得这首曲子，究竟过着什么样的生活啊？”

祐太郎已经算是对流行不太敏感的人了，可是这首曲子当时真是满大街都能听到，反倒是听不到曲子的生活更难实现。无论是便利店还是饮食店，只要走上街，这首曲子就会自然流进你的脑袋瓜里。想到这里，祐太郎又看向了圭司的轮椅。由于眼前这人平时什么都能自己做，所以祐太郎总是容易忽视，可能圭司并不能跟正常人一样轻轻松松上街吧。

圭司不高兴地哼了一声，祐太郎把视线转了回去。他对同情这种情绪非常敏感，于是祐太郎想解释刚才的目光不是那个意思，可是圭司抢先开了口。

"那么，这首曲子存在委托人的电脑里，有什么奇怪的？"

"他有可能是喜欢这首曲子，就保存了自己演奏的版本。可是既然如此，他为何要特意装进委托删除的文件夹里呢？"

"你不是认为之前那些曲子都是委托人作曲的吗？那自然可以认为这首曲子也是委托人作的曲了。委托人作曲，那个叫碰撞的乐队演奏。委托人死后，可能是想把电脑里所有自创的曲子都删掉吧。"

"哦哦，对啊。真的，那首曲子实在太火了。哇，横田哥真厉害啊。原来他是给《碎星》写曲子的人啊。"

这么说来，他的公寓确实在地段很好的山手线车站附近，家具也都很高档。

在祐太郎忙着感慨的时候，圭司把手伸向了台式电脑。他调出检索画面，快速敲击键盘，屏幕上出现了碰撞检测乐队的官方网站。

"'碰撞检测'，五年前成立，所有乐曲的作曲人都是……横田宗介。"

"啊？不是横田英明吗？"

"横田宗介，吉他兼主唱。"

圭司点开了横田宗介的照片。那是个看起来很纤细漂亮的男人，锐利的目光带着挑衅。那张照片跟全家福中弟弟的脸重叠在了一起。

"啊，宗介。这个横田宗介就是委托人的弟弟啊。"

“从生日来看，应该比委托人小三岁。”

可他一点都不像三十二岁的样子。照片上的横田宗介很年轻，甚至有点稚气。

“原来横田哥是碰撞乐队主唱的哥哥啊。”

祐太郎点开下一首曲子。文件名是“loudspeaker”，似乎也有点耳熟。

“这可能也是碰撞乐队的曲子。难道作曲的人是横田宗介？”

“官网上是这么说的。”

“我能看看吗？”

得到圭司许可，祐太郎把手伸向鼠标，将碰撞检测乐队的所有曲目与笔记本电脑文件夹里的文件名对比了一番。那四十几个文件的名称，大多都与碰撞检测乐队的曲目相同。

“难道横田哥把弟弟作的曲子保存在电脑里，委托我们删除了？这到底是什么情况？从电脑里能看出什么吗？”

“这个电脑里基本只有音乐文件。当然也可以把删掉的数据复原看看，不过可能没什么东西。里面没有安装电子邮箱程序，浏览器的浏览痕迹也没什么可看的，想从里面找到委托人的个人情况恐怕很难。”

“能不能想办法弄清楚啊。你不觉得这样的删除委托很奇怪吗？”

要是兄弟之间有什么矛盾，他想知道现在还有没有解决的办法。

“你不是提过恶意软件吗？那个是怎么弄的？”

“假设委托人的手机是智能手机，那我可以用即时通信软件发送信息过去，让对方点击链接，从而注入病毒。手机目前在委托人母亲手上，对吧？”

“你要骗老人？”祐太郎皱起了眉，“搞‘是我是我诈骗[1]’吗？”

“我只是说有这么一种办法。明明是你先问的。”

“没别的办法吗？”

“别的啊……”

圭司咕哝着，哼了一声，拿起U盘插进“鼹鼠”里，操作了一会儿，又把U盘拔出来扔给了祐太郎。

“我把委托删除的文件夹拷贝到这里面，然后从电脑里删除了。”

祐太郎接住U盘。

“这台电脑明天就寄到委托人的住处去吧，别透露寄件人的信息。至于里面的乐曲要怎么办，你自己决定。”

“啊？”

“但是，你别忘了对死者的礼数。”

“礼数？啊，礼数哦，嗯。”

---

1 日本诈骗犯常用的诈骗手段，打电话给被害人，通过重复说“是我啊，是我啊”，来诱导被害人相信来电者是自己的熟人，因此被称作“是我是我诈骗”。

“你今天可以回去了。”

他把委托删除的数据交给了祐太郎。这是以前从未有过的事。祐太郎尽管有些困惑，但还是把U盘放进了背包里。

“圭，你的意思是，我能按照自己的方式来处理这个？”

圭司用问题回答了祐太郎的问题。

“你之所以想知道委托的意义，是为了应付有可能找上门来的警察吗？还是觉得这样能给委托人的母亲带来一些慰藉？或者说，这只是某种自我满足？”

祐太郎回答不上来，圭司继续道：

“你把这个问题想清楚，否则就要陷进去了。”

“陷进去？”

祐太郎反问了一句，圭司没有回答。他不知道自己是得到了认可，还是被放弃了。祐太郎不再去想，而是把手伸向事务所的门把。可是，圭司突然又开口了。

“哦，对了。”

祐太郎回头看着圭司。

“你之前说，到这里来是因为有我的名片？”

祐太郎想起了第一次踏进这个事务所的光景。明明只过了半年，却感觉好像是很久以前发生的事了。

“哦，嗯，没错。以前我一直都在做替人跑腿的散活儿，给这里做点事情，给那里做点事情，然后赚钱生活。在那个过程中认识的人，有时候会把联系方式给我，说要是缺钱了就过来。

我家有个盒子专门放这种东西，这里的名片正好在里面，那天我正发愁接下来要做什么，就看见那张名片了。我感觉这儿应该是比较正经的公司，就打了电话。”

虽然没有我想象的那样正经——他这句玩笑并没有逗圭司上钩。

“那张名片是谁给你的？”

“我不记得了。应该是不知在哪儿认识的人挺喜欢我，就给我了。啊，不过那也挺奇怪的，因为在这里工作的就只有圭啊。应该也不是舞小姐。对啊，到底是谁给我的呢？”

圭司欲言又止，然后摇了摇头。

“不知道就算了，辛苦了。”

祐太郎不明白圭司为何现在才对自己到这里来的契机感到好奇。不过现在这个气氛不太对，他也不好直接问他。

“啊，嗯。我先走了。”

回到位于根津的家中，大门没锁，青梅竹马的藤仓遥那正跟老玉一起等祐太郎回来。有时祐太郎回不了家，就会让遥那去照顾老玉，所以在她那儿放了一把钥匙。虽然他只叫遥那帮过一次忙，但她一到晚饭时间就跑过来蹭饭的情况倒是每月都有好几次。

遥那仰面躺在榻榻米上，老玉趴在遥那肚子上任她揉搓。

“祐哥，你回来啦。”

老玉朝他挥了挥手，然后跳起了阿波舞。那只老猫被人随意地摆弄着前腿，一脸生无可恋的表情。

“回来啦。今天干吗，上夜班？”

遥那是护士，工作时间每天都不一样。趁她坐起来的空隙，老玉从那双手里挣脱出来，逃到了祐太郎脚下。

“上了夜班直接上白班，回家睡了一觉起来，就到这儿来了。吃饭不？”

遥那指着矮桌，那上面摆着她买来的两盒便当。

“我家附近新开的便当店特别好吃，所以把祐哥的也买了。那里的炭火烤鱼特别棒。”

“哦，谢啦。”

那她就是来蹭味噌汤的了。祐太郎放下书包，走到了厨房。他用冰箱里剩下的菜头菜尾三下两下就做了一锅味噌汤。

“叔叔阿姨怎么样？”

“还是老样子，扔下女儿两个人出去浪了。昨天他俩去了温泉，我就算在家也没人一起吃饭。”

味噌汤做好后，祐太郎又给老玉准备了猫粮，然后跟遥那打开了便当。

“看起来是很好吃啊。”

“最近我有一半时间都在那家买晚饭，店里的阿姨都认识我了。她还对我说，一个老大的姑娘了，总是跑出来买便当，这样不太好。祐哥你说，这是便当店该说的话吗？”

“那你是怎么回的？”

“我说我要学习这里的便当口味，做出好吃的饭菜。结果下次我再去，那阿姨就给我讲了好久的配菜做法，今天险些把我拉到厨房里去了。”

两人有一搭没一搭地聊了一会儿，但祐太郎渐渐发现，遥那在偷偷观察他。于是他抓住了不知是第几次飘过来的视线，笑着说：

“干什么啊，有话不好说出口？如果你有事要商量，那就说吧。”

“其实也不算商量。”

遥那放下筷子，清了清喉咙，一本正经地坐直了身子。祐太郎被她的气势影响，也放下筷子坐直了。老玉察觉气氛有变，抬眼看着他们。

“最近我们医院新来了一个护士，是个比我大很多的资深护士。昨天我听那人说了很奇怪的事情。”

“奇怪的事情。”祐太郎说，“什么样的？”

“这应该说是传闻呢，还是都市传说呢……”

遥那烦恼了一会儿，不过老玉和祐太郎都耐心等着，没过多久，她就说了下去。

“这是那个人以前待的大学医院发生的事。据说那家医院进行过新药的治验。你知道治验是什么吧？就是用临床试验确认新研发的药物效果如何。”

“哦，嗯。”祐太郎点点头。

“那么……”遥那点点头，“盲测呢？”

“嗯，知道一点皮毛。”祐太郎点点头。

将参与测试的患者分成两组，一组使用新药，另一组使用不会对身体造成任何影响的安慰剂，比如葡萄糖。患者并不知道自己在哪一组。然后，医院就对两组进行跟踪观察，来确认新药的疗效。这就是祐太郎所知道的治验。

“在那个治验过程中，有一名患者死了。家属怀疑那是新药的副作用，但医院说患者服用的不是新药，而是对身体没有任何作用的安慰剂。可是，医院相关人员都在传闻，说那位患者实际上服用的就是新药，而且是因为新药的副作用去世的。”

遥那边说边观察祐太郎的表情，然后压低了声音。

“对不起，你不爱听这种事吧。”

因为她知道，这种话对祐太郎来说有什么意义。

“这个……”

祐太郎闭上了眼睛。

耀眼的阳光、夏日庭院、水管喷出的水、淡色彩虹。戴帽的少女回过头来，对他嫣然一笑，背后摇曳着盛开的向日葵。

“你觉得那是铃吗？”

风逗弄着盛开的向日葵，轻轻撩动屋檐下的风铃。

祐太郎缓缓睁开眼。他已经好久没有提起妹妹的名字了，也不知道自己现在是什么表情。

遥那点点头。

“那个护士之前工作的大学医院，就是小铃去的医院——相和医大附属医院。而且她还说，那场治验的实施时间，就是国家将新药研发作为成长战略之一的时期。所以……”

遥那说到一半，摇了摇头。

“对不起，祐哥。我还是不说了吧。”

“没关系，继续说。”

遥那打量着祐太郎的表情。祐太郎笑了笑，于是她继续说道：

“死者家属站出来，誓要揭露真相。可是，他们很快就被压了下去。为研发投入了巨额资金的制药公司、得到制药公司大力支持的医大和附属医院，还有将医药品产业定位为国家成长产业之一的厚生劳动省。这三者同流合污，给死者家属施加了很大压力。”

祐太郎感到有点眩晕，便抬头看着天花板，缓缓吐了一口气。

“这是真的吗？小铃死了以后，真的发生过这种事？”

妹妹在新药的治验中死了。后来，网上充斥着对他们一家人的中伤。遥那只知道这些。

“祐哥和叔叔阿姨都遭遇了我不知道的事情？”

“没有那种事。”祐太郎垂下视线，对遥那说，“我们家怀疑新药存在副作用，准备起诉医院。这是真的。网上有人说我们把治验事故怪到国家头上，企图索要国家赔偿，吃妹妹的人血馒头，可我们从来没想过那种事。我们只是想知道真相而已。

我们双方都找了律师沟通，医院给出了详细的解释，我父母接受了,于是就撤诉了。当时只发生了这些事。不过你听来的传闻，原型应该就是我们，应该就是铃吧？”

“真的吗？”

遥那小声问。

“失去小铃后，谁也没有对深受伤害的祐哥还有叔叔阿姨施加压力吗？”

遥那强忍着泪水看着他，祐太郎笑了笑。

“失去了铃，我们一家人都深受伤害。因为承受不了那种伤害，所以现在我们都分开了。可是，那不是谁的错。我们只是都很软弱而已。铃死后真的只发生过这些事情。”

祐太郎说着，松开了正坐的双腿，重新拿起筷子。

“这个便当真的很好吃啊。”

用炭火烤的青花鱼即使凉了也很好吃。如果换作九年前，他可能会哭吧。因为明明妹妹死了，自己却还在想食物很好吃，祐太郎绝对不会原谅这样的自己。他有好几次都在学校吃便当时差点哭了出来，因为不希望让别人看到自己那副样子，后来他就越来越少去上学了。

“让你听了这么奇怪的话，真对不起。”

遥那又一次道歉。祐太郎正不知如何回答，却听到玄关的拉门被人咔啦咔啦地拉开了。紧接着，一个声音传来。

“真柴祐太郎在吗？”

那个声音不大，但很有张力，还带着尖锐的敌意。老玉警惕地看着那边，祐太郎和遥那对视一眼，然后站了起来。

“怎么了？”

“不知道。可能有危险，遥那你别过来。”

他说完便走过去开了门，老玉从他脚下穿过去，先往玄关跑了。他跟着老玉来到玄关，看见一个似曾相识的男人站在那里。此人三十岁上下，中等身高，体格比较瘦削，眼角有点吊起来，容貌显得咄咄逼人。

“真柴祐太郎？”

他穿着黑色薄外套和深紫色毛衣，下身是一条黑色修身牛仔裤，脚踩一双尖头黑皮鞋，双手插在外套口袋里，微微扬起下巴。

“是我，你有啥事？”祐太郎回应道。

“我来给你送东西了。”

男人抬起一只手，把夹在食指和中指之间的皮套递向了祐太郎。这原本是个纸巾套，是遥那几年前送给他的生日礼物。由于他平时没有带纸巾的习惯，便把驾照和商店点卡之类的东西塞进去了。

“啊，谢谢你。真是帮大忙了。你这是在哪儿捡到的？”

祐太郎把手伸出来，男人却缩了回去，没把皮套给他。

“在我老哥房间里。”

听他这么一说，祐太郎总算意识到这人是谁了。不过两人没有真正见过面，也难怪他会想不起来。

“横田宗介？”

背后传来尖厉的声音，祐太郎回过头去。只见遥那右手指着祐太郎身后，左手来回摇晃着。

“欸？为什么横田宗介在这里？你是‘碰撞’的横田宗介对吧？”

横田宗介仿佛看到了不喜欢的东西，紧紧皱着眉头。

“你是我的粉丝吗？”横田宗介说。

他毫不客气的口吻让遥那愣了一下。

“不能用手指别人。”祐太郎姑且说了她一句。

“啊，嗯。也对啊。”遥那对祐太郎点点头，收起了手指，“对不起，其实我不是。”她对横田宗介低下头说，“只是一个明星突然出现，我有点吃惊而已。”

“啊，是吗？”横田宗介说完，把视线转向了祐太郎，“我可以把驾照还给你，不过你也要把你拿走的东西还给我。”

“什么东西？”

“刚才我去老哥那里，发现老哥的电脑不见了。马上还回来。你是什么人？小偷吗？放心吧，我可以不报警。”

祐太郎感到背后有手指使劲摁住自己。耳边响起遥那的声音。

“祐哥，你做什么了？”

“啊，那个……”

“快给我交出来，我没时间陪你闹。”

“祐哥，你做坏事了？”遥那又问。

“不是，我没做坏事。嗯。”

横田宗介猛地踹飞了祐太郎的运动鞋，对他怒吼道。

“你还犹豫什么，马上给我拿过来！不然我就去报警了！”

运动鞋从玄关下面飞过来，穿过祐太郎，落在了走廊深处。老玉和祐太郎转头看着那个轨迹。

“你干什么啊！”

他们突然听到充满威胁的低沉声音。老玉和祐太郎把头转回来，发现横田宗介僵住了。

“啊，遥那……同志？”祐太郎说。

“叽叽喳喳的，吵死了。我们能听见，给我好好说话。再说了，就你还能报警？”

“啊啊，那是什么意思？”祐太郎问。

遥那睥睨了横田宗介一会儿，然后掏出手机，一言不发地摆弄起来。她把屏幕怼到祐太郎面前，那是个演艺新闻的页面。祐太郎拿过手机，高声念出标题。

“人气乐队主唱与药贩子暗中勾结？”

“大约两个月前，这个人被周刊爆料，说他跟被认为是药贩子的人关系亲密地在新宿某酒吧喝酒。报道出来以后，电视的综艺节目也闹得很厉害。结果可能连警察都不能坐视不管了吧？现在可能已经开始调查了。”

“啊，原来是这样。”

“这跟你有什么关系？把你偷的东西还给我，我不是说可以不报警吗？”

“什么偷东西，祐哥怎么会……”

遥那正要反驳，却被祐太郎拉住了。

“遥那，够了。”

祐太郎把手机还了回去，重新转向横田宗介。

“如果你说那台笔记本电脑，东西不在我这儿，在另一个地方。我准备送回横田先生的住处，要是你另有要求，那我就送到你说的地方去。”

“你不是小偷吗？”

“这是横田先生的委托。”

横田宗介好像现在才对祐太郎产生了好奇，开始目不转睛地打量他。

“你是我老哥的什么人？”

如果换作平时，他会瞎编一套话，不过祐太郎对横田英明几乎一无所知。而且对方还是他弟弟。他只能在可以坦白的范围内老实回答了。

“什么都不是。横田先生把一项工作委托给我了，可是，我从没见过横田先生。”

“一项工作是什么？”

“这我不能说，因为这是我跟横田先生的协定。”

横田宗介又对祐太郎上下打量了一会儿，然后从大衣内袋里拿出一张四角已经磨损的名片。

“明天之内，送到这个工作室去。”

名片上是一家位于新宿的音乐工作室。

“我明天一天都在那里。你把电脑拿来，我就把驾照还给你。”

横田宗介转身离开，刚把手搭在拉门上，就被祐太郎叫住了。

“那个，横田先生的葬礼是在家乡举行，对吧？你不用回去吗？”

横田宗介回过头，狠狠地瞪着祐太郎。

“你怎么知道葬礼在老家搞？”

“啊，我跟您母亲谈过几句。”

他似乎想在脑中描绘那个光景，但很快便放弃了。

“葬礼是后天搞，我可没那么闲。老妈也说不用回去。”

“横田先生的死因是什么？”

“太笨了。笨就是他的死因。”

横田宗介拉开拉门，祐太郎又对他的背影问了一句。

“横田先生的房间有警察来过了，你知道原因吗？”

横田宗介又回过头。

“警察？”

从他那个样子来看，应该是不知道警察来过了。看来他是在刑警离开后才到公寓去的。

“是不是想问你的事情啊？”遥那插嘴道，“警察可能不知道你哥哥死了,就跑去询问他那个傻弟弟的情况。难道不是吗？”

肯定不是吧，因为这样无法解释刑警手上有钥匙这个事实。祐太郎心里虽然这么想，但很想知道横田宗介会做何反应，就没有说话。

横田宗介对遥那欲言又止，然后改变了主意。

“明天之内，别忘了。”

他对祐太郎留下这句话就离开了。

翌日,祐太郎来到人生删除事务所,对圭司说了昨天的事情。

“我觉得，既然警察有钥匙，肯定是获得了家属——有可能是他母亲的许可后才进入横田先生的房间。可是，他母亲并没有把这件事告诉宗介。你觉得这是为什么？”

“委托人的死可能存在可疑之处吧。警察向前来领取遗体的母亲获得了调查住处的许可，母亲不希望此事打扰到小有名气的小儿子，就没告诉他。由于可能引发骚动，连葬礼都说不用他去了。应该是这样吧？”

前半段跟祐太郎的想法一致，可后半段就有点不同了。

“死亡存在疑点，就是说有可能是被人杀死的啦。”

圭司操作台式电脑的鼠标和键盘，把“鼹鼠”转向祐太郎。

“昨天你走之后，我发现了这则报道。”

那是三天前的报道。

一名男性突然在池袋路上倒下，被送往医院后由于心脏衰竭而死亡。警方正在进一步调查男性的死因和身份。

“没有后续报道。”

等祐太郎把文章看完，圭司说。

“如果有很强的他杀可能性，应该会有后续报道才对。既然没有，那个可能性就不太大吧。”

或许是这样。可是，祐太郎却想到了别的可能性。

“还是说，案件正在调查？如果还在追查凶手，警方可能没有把消息透露给媒体。”

圭司想了想，点点头。

“对啊，那也有可能。”

“总而言之，我先把这个还回去。”

祐太郎拿起笔记本电脑，前往横田宗介指定的工作室。

这是一座地下一层、地上三层的楼房，似乎每层都设有一个工作室。前台一个人都没有，根据旁边那块白板的介绍，碰撞测试乐队租用的是地下那个最大的工作室。

来到地下，眼前是一片摆着会议室大桌子和椅子的空间，横田宗介吊儿郎当地坐在其中一张椅子上。里面没有其他人，里屋的门敞开着，还能看到工作室内部，那里面也没有别人。

“就你一个人？”祐太郎问。

“现在可是上午十一点，全日本搞音乐的都在睡觉呢。”

“你呢？”

“没睡成。我从你家来到这里，弹着弹着吉他就天亮了。然后我开始喝啤酒，越喝越清醒。”

桌子一角杂乱摆放着大量空啤酒罐。祐太郎放下背包，从里面取出了电脑。横田宗介拽过电脑，从搭在椅背上的大衣口袋里摸出装了驾照的皮套，交给祐太郎。祐太郎接过来，抬起空着的手摆了摆，准备走人。

这样他的事就办完了。那台电脑里没有横田宗介想要的东西。然后只须把背包里的U盘毁掉，就可以如横田英明委托的那样，把音乐数据从这个世界上永远删除。

可是，祐太郎把皮套往牛仔裤后袋里一塞，拽过旁边的椅子坐了下来。

“写曲子的人是横田英明先生。你拿走了横田先生的曲子，谎称是自己作曲，并且演奏出来了，没错吧？”

横田宗介不耐烦地抬起头，看向祐太郎。

“是老哥告诉你的？”

“不是。横田先生的房间里摆满了用来作曲的器材，而且电脑里的曲子几乎都是‘碰撞’的曲子。另外，你没有向警方通知电脑失窃的消息，而是直接跑到我家来了。我想不到别的原因。横田先生就是碰撞乐队的幽灵作曲家。说不定连作词都是横田先生吧？”

“那又如何？你要向全社会宣告我这家伙是假货吗？”

“乐队成员知道吗？”

“不知道。那帮人只知道拼命练习让自己出名，只要出名就心满意足了。要是他们觉得演歌[1]能赚钱，肯定今天就改唱演歌了。他们从一开始就不关心是谁作曲，所以只要把你杀了，就没有别人知道这个秘密。没想到你还真的大大咧咧地跑到我指定的地方来了，真是个滥好人。”

祐太郎警惕地环视了四周，并没有察觉到奇怪的气息。横田宗介大笑起来，又开了一罐啤酒举到他面前，好像在问他喝不喝。祐太郎很气愤，就没有理睬他。于是横田宗介把手收回来自己喝了。

“横田先生心里是怎么想的？他怎么看你这个冒充他的才能，自诩人气乐队门面人物的弟弟？”

“钱我可给足了。摇滚音乐人能得到的只有两样东西，女人我要了，钱全给老哥了，这有什么可抱怨的。”

“名誉呢？称赞呢？”

“要是他想要那种东西，就去当政治家了。那比当摇滚音乐人可简单轻松得多。”

“为什么会变成这样？既然是横田先生写的曲子，那就以横田先生的名义发表出来啊。哥哥作曲，弟弟演唱，这样不好吗？没有必要像这样欺骗大家吧？”

他才说到一半，横田宗介就开始摆弄自己的手机了。祐太

1 日本古典曲风与现代歌曲过渡时期的产物，可以理解为带有民族经典唱腔的经典老歌。

郎以为他在无视自己，顿时很生气，但后来发现并不是。很快，横田宗介就隔着桌子把手机滑到了他面前。祐太郎拿起来滑到手边的手机,发现屏幕上是一个男人的照片。他不知该说什么好，便看向横田宗介。

“你真的没见过老哥啊。”

“这就是……”

“对，很极品是不是？”横田宗介笑着说，“他从小就是岛上闻名的丑孩子，甚至还有人专门跑到我家来围观他的丑脸。”

那可能是乘其不备拍的照片，因为上面的男性正对着镜头，露出了惊讶的表情。从周围的器材来看，他好像正在作曲。

“再加上他本来就有点胖，来到东京后更是一发不可收拾。死的时候怎么都有一百三十公斤左右了。那天他在池袋路上倒下，有人叫了救护车，可是三个急救队员都没法把他抬到担架上，最后还是围观群众看不下去，帮忙搬动的。”

他的语气充满了嘲笑。祐太郎猜测，这张照片也是一边嘲讽委托人的容貌一边拍摄的吧。

横田宗介一仰脖把剩下的啤酒喝掉，又将空罐推到了旁边的空罐堆里。

“所以呢？”祐太郎问。

“所以，这可是摇滚啊。听众在音乐背后可是有幻想要追求的。创作人要是又胖又丑，那还哪儿来的幻想？就算再好的歌也会卖不出去。”

他勾勾手指要祐太郎把手机还回来，于是祐太郎把手机推了回去。

“你想说心脏衰竭是因为太胖了吗？”

“有可能。肥胖对身体不好。”

“你不是说他的死因是笨吗？”

“啊？”

“太胖有可能是心脏衰竭的原因，可是仅仅因为这个，就会引发心脏衰竭吗？是不是还有别的原因？”

“原因？”

“比如药物摄取过量。”

横田宗介的眼中闪过怪异的光。那绝对是强烈的暴力冲动。祐太郎以前帮人跑腿的时候，曾经几次目睹那样的神情。

“你用某种方法给横田先生下了药。横田先生因此引发心脏衰竭，然后死了。警察分析了遗体情况，在经过许可后调查了横田先生的房间。你之所以跟药贩子有接触，不是为了买给自己用，而是为了给横田先生下药。横田先生是不是开始要求正当的评价了？你害怕真相大白，就把横田先生——自己的亲哥哥杀了。”

“滚吧，傻子。”

“你母亲隐约察觉到了这点，所以才不允许你参加葬礼。你……”

“我再说一遍。”

横田宗介竖起一根手指打断了祐太郎的话。

“滚吧，傻子。”

此时，横田宗介眼中已经没有了充满攻击性的光芒。祐太郎站了起来。

“电脑里放着横田先生新作的曲子，对不对？还没发表的曲子。”

“我最后一次找他要曲子是上一张专辑的时候，现在已经过去八个月了。这八个月他应该又写了几首曲子，因为他的生活就只有这个。”

“哦，横田先生的生活就只有这个吗？”

祐太郎忍不住咕哝道。横田宗介又开了一罐啤酒，连看都不往祐太郎那边看了。祐太郎背向瘫坐在椅子上喝啤酒的横田宗介，走出了工作室。

“横田先生的生活只有那个，可是他最后却要删掉那个。一想到这里，我就有点难过。”

祐太郎倒在沙发上说。

“对横田先生来说，冒充者演奏的音乐就是自己的全部啊。”

祐太郎举起还没能狠心扔掉的U盘。

“我觉得，横田先生应该察觉到了宗介的杀意，所以才找我们做了委托。要是弟弟没有杀他，而是让真相大白，那就算了。只不过，要是他弟弟把他杀了，新曲就会从此消失，永远到不了宗介手上。”

圭司一直默不作声地听到最后，然后问：

“你要怎么处理那个？”

祐太郎握紧了举在眼前的U盘。

“这可是横田先生的作品，我想送到他母亲手上。可是，如果做了那种事，曲子有可能会让宗介拿到，所以还是不行啊。”

“要毁掉吗？”

“是啊。横田先生的曲子没了，乐队过不了多久就会自然解散吧。不管怎么说，警察已经出动了，逮捕宗介只是时间问题。”

说着，祐太郎坐了起来。

“说到底，就算不打开数据看，结果还是一样的。圭说得没错。”

圭司什么都没说，只是伸出了手。祐太郎走过去，把U盘放在他手上。圭司把U盘插进“鼹鼠”的接口，开始操作触摸板。最后，他抬起手指点了一下。确认那个动作后，祐太郎回到沙发上躺倒，闭上了眼睛。

一个月后，碰撞测试乐队就发布了解散的消息。原本预定的演唱会全部取消，已经售出的票全部退款。过于唐突的解散消息引来了多方揣测，然而那些揣测没过多久就汇集成了一个预想——

“横田宗介，逮捕倒计时开始？”

网上出现了这么一条标题。很快，以池袋为中心的违法药品贩卖组织就被揭发，在网上掀起轩然大波。那个组织的其中一人，就是周刊曝光的跟横田宗介有来往的男人。

横田宗介可能会遭到逮捕。然而，他的罪名并不是滥用违法药品，而是杀人。祐太郎心里这样期待着，可是过了一段时间，还是没有传出横田宗介被逮捕的消息。

“横田宗介现在怎么样了呢？”

祐太郎走在步道上说。那天傍晚下班，他叫圭司一起去吃饭，圭司很难得地答应了。他好像有想去的店，于是两人便乘上计程车来到涩谷附近。

“网上流传着各种消息，比如他想逃亡海外，再比如他已经不在日本了。不过连这些传闻也已经慢慢平息下来了。”

碰撞测试乐队解散了一个月，世间的关心火速降温。两人的母亲现在在想什么呢？想到这里，祐太郎不禁有些忧郁。

一阵抢先季节一步的冷风吹过，祐太郎把双手插进了风衣口袋里。

“店在哪里？”

“吃饭前先跟我来一趟。”

“啊？可以啊，要去哪儿？”

圭司只是推着轮椅，并不回答。他跟了过去，来到一个被楼房包围的小广场。这里好像是前往车站的道路，许多人都在朝着一个方向前进。圭司停下轮椅，对人潮另一端努了努嘴。

“你能看见那家伙的脸吗？”

广场一角有个男人席地而坐，正在给一把原声吉他调音。祐太郎凝视着他帽檐下的脸，险些叫出声来。他头发留长了，还长了满脸胡楂儿，身上随便套着几层廉价的旧衣服。尽管如此，他还是可以肯定，那个坐在地上的人就是横田宗介。

“社交网站上正在热议，说有个很像横田宗介的人在这一带唱歌。”

在往同一个方向流动的人潮的另一端，男人完成了调音。

“不过，他的外表跟从前的横田宗介完全不同，他演奏的音乐更是如此。”

横田宗介奏响吉他，圭司闭上了嘴巴。祐太郎以为他会弹出像碰撞乐队那样朗朗上口的旋律，没想到，横田宗介演奏的竟是完全不同风格的音乐。

“蓝调。”

这就是祐太郎听到的音乐。

那是一首关于别人送的旧吉他的歌。“老旧的吉他啊，你曾经唱过什么歌。”横田宗介边弹边唱，“我来教你一首新歌吧。老旧的吉他啊，让我们来奏唱新歌。等我死了，你又会遇到别的新歌。到时候，你只要唱我不知道的歌就好了。”

豁达而无欲的慵懒，不断涌上心头的哀愁，无论重生多少次，都摆脱不了的空虚和忧郁。

他连唱歌的方式都不一样了。坐在那里的人不是祐太郎所知道的人气乐队的主唱，而是依靠歌声来延续呼吸的、有点危险的男人。那安静而激昂的歌声，让祐太郎听得出了神。

“我总是想……”圭司说，“这个词究竟是谁最先用来表达了这种意思。当时被表达的对象又是什么呢？”

“什么？”祐太郎问。

“快乐。”圭司微笑着说，“什么碰撞乐队，跟这个比起来简直是小儿科。”

横田宗介把歌唱完了。在此期间，没有一个人停下脚步，所有人都在背后冷风的催动之下，低着头快步前进。可是，横田宗介似乎完全不在意这些。

“看太久会被发现的。”圭司说，“还是你想跟他说说话？”

横田宗介又开始唱下一首歌。那是一首被关在单人牢房里的男人的歌。男人对隔壁牢房的另一个男人说话。“如果肚子痛，就用自己的手揉肚子，你自己揉揉吧。对不起，我帮不了你。”

“你是想说，横田宗介也有作曲的才能吗？”

“那个才能还在横田英明之上。”圭司点点头。

“既然如此，为何要用横田先生的曲子？”

“因为那是个以作曲为全部生活的人，不是吗？横田英明的生活只有那个，而弟弟为了除此之外一无所有的哥哥，演唱了那些曲子。”

因为哥哥只有那个，所以弟弟隐藏了自己本来的才华，选择了演唱只有畅销这一种优点的哥哥的曲子，还召集了一群只希望能出名、能畅销的成员。

“然后成了全日本都知道的大热乐队。”圭司继续道，“他哥哥可能……可能高兴死了吧。”

“可是，他跟药贩子的关系是怎么回事？”

“既然惊动了警察，那证明横田英明的体内残留着使用药物的痕迹吧。难道不可以认为，那只是因为横田英明是一个习惯使用药物的人吗？警察真正想抓的不是使用者，而是药贩子和他的网络。横田英明的死并没有让警察发现任何与药贩子有关的证据，不过他们获得他母亲的许可，进行了家中搜查。而警察可能发现了一些东西，所以才有了后来的一窝端。”

“可是宗介被人拍到跟药贩子在一起的照片了。”

“药物依赖仅凭本人的意志很难克服。宗介可能看到哥哥的症状越来越严重，独自去跟药贩子交涉了。他可能想叫那人别再卖药给哥哥，当然，对方应该并没有理睬他。”

祐太郎想起了横田宗介手机上的照片。他拍摄了正在作曲的哥哥。他按下快门时的心情并非嘲讽，只是想留下一心投入作曲的哥哥的身影吗？

“旁边的牢房已经没有人了，”横田宗介继续唱道，“啊，我早就知道了，我早就知道了。”

“委托人想必也知道自己束缚了弟弟的才能。可是，他却无法停下来，因为那些曲子就是他的全部。他必须停下来，他心里一直这样想，包括那些药，还有让弟弟撒谎的事实。可是，他也知道自己停不下来。他可能是个软弱的男人吧。所以，他才加速了自己的死亡。”

“那横田先生委托给我们的删除任务是……”

“在他死后，要把自己的音乐全部带到另一个世界。那样一来，弟弟就能获得解放。‘我不会给你留下任何曲子，从现在开始，你就做自己的音乐吧。’这就是他想留下的信息，而现在，宗介收到了那个信息。”

“啊？”

“他本以为那台电脑里放着曲子，结果别说曲子，几乎什么数据都没有。如果换作别人，肯定会来找麻烦吧？毕竟他知道你家在哪儿。可是宗介并没有来找你。因为他明白了，那就是哥哥留给他的信息。”

祐太郎想象着他那天离开后的横田宗介。他打开电脑电源，寻找音乐资料。他并不是想听，但那毕竟是哥哥最后留下的曲子。他得唱出来。他要唱给这个没有哥哥的世界听。他带着那种想法打开电脑，却发现里面什么都没有。别说新曲，连以前的曲子也都不见了。他可能愣了一会儿。然后，当他意识到哥哥的心愿时，横田宗介是否哭了呢？

从漫长封印中解放出来的音乐又被奏响，如若一动不动地侧耳倾听，会感到那些音乐在震撼着内心最深处。可是，没有人去听那些音乐。许多人只是径直从横田宗介面前穿过。

“这是最快乐的音乐。”圭司说，“不过绝对卖不出去。”

"他或许有一天能走出这座单人牢房，要是能用双脚走出去该多好啊。肚子好痛，肚子好痛。"

横田宗介对着阵阵凉风，痴迷吟唱着。

"你是什么时候发现的？"祐太郎问。

"我什么都没发现，只是觉得应该存在别的可能性。"

祐太郎苦笑起来。

"我还是比不过圭啊。"

圭司看了一眼祐太郎，仿佛在问"你说什么呢"。

横田宗介唱完第二首曲子，松了松指头，又抱起了吉他。

"走吧，要被发现了。"圭司说。

"不，就算被发现了也没关系。"祐太郎说，"我们再听一会儿吧。"

"嗯。"圭司点点头，"是吗？好吧。"

横田宗介奏响了吉他。不会被记录在任何地方的音乐，开始在大楼的空隙间流淌。

Phantom Girls 幻影女孩 _

祐太郎搓了搓发痒的鼻子，发现指尖还残留着线香的气味。他想找到以前祖母用的那种线香，可惜一直未能如愿。这次给铃扫墓买的线香，一开始闻着虽然很像，只是点上火后飘出来的气味就跟祖母用的很不一样了。祖母买了放在家里的线香早已用完，也没有标注了品名的便笺或收银条。他唯一的线索就是记忆，只是事到如今，连祐太郎自己都不太确定记忆中的气味是否正确了。

他把鼻子凑到飞行员夹克的肩膀部位，想闻闻身上还有没有线香味，不过没闻到。他不知道是真的没有，还是鼻子已经习惯了那种气味。为了保险起见，他还是用手拍了拍夹克，然后才打开事务所的门。

“早上好。”

圭司坐在老地方，还是像平时一样对着电脑。听到祐太郎打招呼也没有回应，这并不是第一次了，只是，他今天的表情跟平时很不一样。祐太郎见圭司飞快地动着手指，便犹豫地问了一句。

“怎么了？”

他走到沙发旁，脱掉飞行员外套，坐了下去，又等了好一会儿，总算听到回答了。

“什么怎么了？”

圭司的视线一直专注在显示器上，看都不看他一眼。

“什么什么啊，我看你好像挺高兴。”

他又等了好一会儿。

“是吗？”

祐太郎放弃跟圭司说话，开始琢磨刚刚去扫墓的事。那里只有妹妹铃一个人长眠。铃刚死的时候，他还有种茫然的认知，认为父母将来也会被安葬在里面，由他来守护，然后他也会被安葬在里面，由自己的孩子继续守护。可是现在，无论父母任何一方去世，想必都不会再被安葬在里面。直到他死为止，铃都只有一个人。

跟一群老人待在一起，铃太可怜了。

为铃盖新坟的时候，父母都这样说，可他们的真正想法应该不是这样的。他们只希望铃一个人葬在里面。他们不希望自己去祭拜时，面对的是真柴家之墓这样一个暧昧的东西，只希望那是铃一个人的纪念碑。那种心情祐太郎也很理解。

话说回来，他也好久没去给祖父母扫墓了。既然那是真柴家之墓，现在应该是由父亲管理，并且今后继续由父亲现在的家人管理，不过他从未认真确认过。等到父亲去世，父亲现在的家人可能会想，与其将父亲跟一次都没见过的人一起安葬，不如重新选一块墓地。届时，真柴家之墓会由他来继承吗？刚才他去扫墓时，听到工作人员说最近越来越多没有继承者和相关者的孤墓了。他们就在那里，却与世界无缘。是这样的存在不可思议，还是他们存在的这个世界不可思议呢？到底有多少人死去，有多少墓地被建起来，又有多少墓地被遗忘了呢？

祐太郎呆呆地想着——

“喝咖啡吗？”

突然有个声音叫了他一声。他抬起头，发现圭司不知什么时候移动到了门口，正在看着他。说话的人无疑是圭司，而他说话的对象无疑是自己。祐太郎意识到这点，竟愣了一会儿。

“啊，欸？你说啥？”

“我去买咖啡，你要吗？”圭司僵硬地说。

圭司是不是做出了想喝咖啡的暗示？他是不是因为我没发现所以生气了？他脑中瞬间闪过那个想法，不过看圭司的表情，好像没这回事。

“啊，不用，我去买吧。怎么说呢，这应该是我的工作。”祐太郎边站起来边说。

“这很明显是你的工作，不过我都已经来到这里了，今天就算了吧。你是要，还是不要？”

“啊，我要。我要喝。”

“知道了。”

圭司离开了事务所。

“谢谢啦。”祐太郎说完，又在沙发上坐了下来。

今天真怪，祐太郎想。线香一点火就变味了，圭司竟然自己出去买咖啡。他拿起放在旁边的杂志，但是没心思看，于是又站了起来，一脚撩起地上的足球。球飞到胸口高度，再次被他用脚背接住，然后开始颠球。颠了一百下之后他突然不想颠了，于是最后把球踢到脸的高度，双手接住。“to K”的文字映入眼帘。他躺在沙发上，左手食指顶着足球，用右手转动起来，转着转着，事务所的门开了。祐太郎撑起脖子看过去。

“嗯？那啥，什么事？”

伸头进来的是个看似初中生的女孩子。她把长长的头发束在脑后，所以祐太郎推测那是个女生，不过单看中性的脸型和没有曲线的身体，可能会把她错认为小学男生。她穿着修身牛仔裤，套着尺码过大的绀青色夹克，戴着一副一点都不可爱的银边眼镜。

“啊——你怎么了？是不是走错了？”

祐太郎放下足球坐了起来。

“你是来找律师事务所的吗？那个在楼上哦。”

女孩子没有理睬祐太郎，而是毫不客气地打量了一圈事务所，然后才把视线收回来，目不转睛地观察着他。

“是你吗？”

“啊？”

“我是说……”女孩子把收回视线时滑落的银边眼镜往上一推，对祐太郎说，“写了‘鼹鼠’的人是你吗？”

祐太郎不明白她的意思，便回头看了一眼“鼹鼠”。

“嗯……”他困惑地转向女孩子，“嗯？”

女孩子走了进来，站在祐太郎面前。那张脸突然凑过来，祐太郎忍不住往后缩了缩。

“呃？你……”

“不是你吧？”

她盯着祐太郎看了一会儿，然后说。

“我看你这人就挺糙的，不可能写出如此缜密的程序。写了那个程序的人在哪儿？”

“程序……”

“一个叫‘鼹鼠’的远距离操作程序。”

“那你说的应该是这里的所长，他叫圭……”

“他在哪里？”

对话的节奏非常奇怪。祐太郎每说一句话，女孩做出回应的时间都异常短暂。

“啊，刚才出去买咖啡了。”

祐太郎向后缩着脖子刚回答完，圭司就打开事务所的门进来了。女孩瞪大了眼睛，可能没有预料到轮椅。圭司把印着咖啡店商标的纸袋放在腿上。

“咖啡要糖和奶吗？”

他把轮椅移动到老地方，同时问了一句。

“啊，咖啡？那啥，我跟平时一样，黑咖啡就好。还有圭啊，这孩子是客户。”

“所以我就是在问客户啊。”

圭司在办公桌另一头停下轮椅，边说边从纸袋里拿出了咖啡。

“这是你的。”

他看了一眼祐太郎，将一个纸杯摆在桌上，然后把目光转向女孩。

“这是你的。这是糖和奶。啊，是不是应该买奶咖更好呢？”

圭司把咖啡的纸杯、奶精和白砂糖一起放到桌上，又拿出自己那杯咖啡，然后叠好了纸袋。

“啊？欸？”祐太郎看着桌上那三杯咖啡，很是惊讶。

女孩子说出了他心中的疑问。

“你知道我要来吗？”

“我知道有人要来。不是还给你看了联系方式吗？”

女孩一时无语，然后慢慢点了一下头。那个动作有点做作。

“也对啊。毕竟是写出那种程序的人，肯定能察觉到吧。写‘鼹鼠’程序的人，就是你没错吧？”

圭司点点头。女孩子正要说什么，却被他抢先开了口。

“趁热喝。”

说着，圭司就喝了一口咖啡。女孩想了想，走到办公桌前，拿起了咖啡的纸杯，掀掉盖子，没加糖和奶，直接喝了一口。

“什么？怎么回事？”祐太郎也走过去拿起咖啡，同时问道，“我完全不知道你们在讲什么啊。”

“大约两个小时前，我收到一封电邮，里面带了一个挺有意思的恶意软件。因为不知道那个恶意软件能干什么，我就把它放到事先准备好的沙盘里玩了一会儿。”

“啊——沙盘？什么沙盘？”

“就是创造一个不用担心被破坏的虚拟环境，并在其中解析恶意软件的行动。俗称沙盘，就是小孩子玩的沙堆。”

女孩皱起了眉，不知是对“小孩子”这个词有了反应，还是喝下去的咖啡太苦。

“我看那恶意软件并不想作恶，只是在打探我的底细，所以直接告诉她了。本来以为她会发邮件或打电话过来试探，但是过了一个多小时都没消息，所以我猜可能是要亲自过来。”

说完，圭司看向女孩。

“干等着也无聊，于是我调查了一番。你使用的 IP 地址跟我的一个委托人——波多野爱莉签约时在我们服务器上留下的 IP 地址相同。但是合约上显示，波多野爱莉现年二十四岁，你怎么看都不可能是她。好了，你是谁，来找我有什么事？”

女孩皱着眉又喝了一口咖啡，看着圭司，然后问：

“你平时都这样说话吗？”

“这样？”圭司反问道。

女孩白了他一眼，看向祐太郎。

“不，他平时不这样。”祐太郎想了想，回答道，“而是更沉默，更不讨人喜欢。现在他说了这么多话，我觉得应该是在欢迎你了。”

“我怎么觉得他很居高临下啊？”

“啊，那是无论何时何地，对谁都这样的。习惯就好。”

女孩不满地哼了一声。几乎是同时，圭司也不愉快地哼了一声。

“然后呢？”圭司问，“你有什么事？”

“那个程序究竟是什么？你说爱莉是委托人？委托人是什么？你们两个跟爱莉什么关系？”

“你不是看了我们的主页吗？为您删除死后不要的数据，那就是我们的工作。波多野爱莉是委托人，也就是我们的客户。”

“爱莉到底把什么……”

女孩说到一半，就被圭司打断了。

“首先，我想知道你的事情。你看我连咖啡都准备好了，你报个名字应该可以吧？既然跟波多野爱莉使用同样的 IP 地址，你跟她是家人？你是她妹妹？”

祐太郎记得圭司说过，IP 地址就是“网上分配的住址一样的东西”。送过来的信虽然寄信人不一样，但使用了同一个住址，所以祐太郎明白为什么圭司要问两人是不是一家人。

女孩子收紧下巴，上下打量着圭司。

“堂本奈奈美，爱莉的邻居。”

“小学生？”

“初中生，十四岁。”

“看不出来啊。”

“我知道很多人这么想，但是头一次被人这么清楚指出来。”

“我不是说你坏话。”

“是吗？”

“没关系，就算长不高也能变成大人。你不用着急。”

女孩一时语塞，抿起了嘴唇。

刚才对祐太郎单方面猛攻的女孩子现在竟转到了守势。祐太郎不禁想，圭司之所以话多，可能不是为了欢迎女孩，而是为了不让出主导权。

“邻居是……”祐太郎说，“住旁边的……”

“我们住在同一栋公寓，爱莉住在我家隔壁。她太爱玩手机了，经常被限流，所以我把家里的无线网借给她用了。”

“难怪你们的 IP 地址相同。”圭司说。

“委托人的邻居到这儿来有什么事……”

这次打断祐太郎的不是女孩子，而是一个电子音。那是“鼹鼠”苏醒的声音。圭司打开“鼹鼠”屏幕，开始操作鼠标和触摸板。不一会儿，他把屏幕转向祐太郎，这样说道。

“这次的委托人是波多野爱莉，二十四岁。设定手机超过四十八小时没有操作，就删除那台手机上的数据。”

“鼹鼠”的屏幕上显示着委托人签约时必须记录的事项栏。上面写着“波多野爱莉”这个名字，然后就只有出生日期和紧急联络电话了。

“只是，‘鼹鼠’无法链接那台手机。要么是没电了，要么是……”圭司看了一眼女孩，然后说，“要么是有人把 SIM 卡拔掉了。总之你先去确认一下死亡情况。”

“啊，死亡情况……”祐太郎说着，用拇指对准了旁边的女孩子，“这样？”

圭司点点头。祐太郎清了清嗓子，对那个自称堂本奈奈美的女孩子问道：

“那个，我想请教一件事。你的邻居波多野爱莉小姐现在是什么情况，你知道……”

“她死了。”

奈奈美面不改色地说着，祐太郎还以为她要继续说下去，可她说完就再也没开口了。

“死亡情况确认好了。”祐太郎对圭司说，“她邻居说她死了。”

“那你去把委托人的手机找出来，变成可通信状态。我要删除数据。”

“那个……”祐太郎又转向奈奈美问道，“你知道波多野小姐的手机现在……”

“在我家。”

“哦，在波多野小姐的邻居家。那啥，为什……”

“爱莉被送到医院以后，我在爱莉的手机上发现了奇怪的应用程序。于是我回家接到电脑上一看，发现那是允许某个特定服务器进行远程操作的程序。因为太可疑了，我本来打算删除，可是那东西像蜘蛛网一样死缠烂打，凭我的技术无法删除。要是放任不管，程序随时可能启动，所以我就拔掉了 SIM 卡，还断开了无线网。”

然后就这样经过了四十八小时吧。既然如此，波多野爱莉的死亡应该还要在此之前。

“你跟波多野小姐很亲吗？”

这个提问他留到了最后，因为奈奈美少见地斟酌了一会儿措辞。

“你那个说法不太正确。”奈奈美想了想，然后说，“爱莉除了我跟任何人都没有来往。”

“哦，是吗？”祐太郎点点头。

二十四岁的女性跟一个初中女孩子的友情。眼前这个女孩子那奇怪的偏执让他十分在意，但搞不好奇怪的应该是那个二十四岁的女性。一个这样的女性，只跟公寓隔壁屋上初中的女生有来往。祐太郎很难想象那是什么样的状态。

“那啥，能麻烦你给手机开机，插上 SIM……”

“然后你们就要从这里远程链接，删除数据了，对吧？”

奈奈美问的人是圭司。圭司看向祐太郎，祐太郎耸耸肩，无奈地对奈奈美说。

“对，那就是我们的工作。”

“爱莉要删除的数据是什么？”

“你没查到吗？”

“那种使用了复杂代码的程序我无法完全解读。如果你想让我说出这句话，我就说出来。我对那个无能为力。”

“我不会把删除数据的内容透露给任何人，而且我们自己也不会看。当然，也不能告诉你。”

“既然如此，那我就拒绝打开电源。”

“这可为难了。”

“那你就为难去呗。”

“你那是小孩子的做法。”

为了避免高速对话继续下去，圭司哼了一声，平淡地继续道：

“或许这就是小孩子跟大人的不同之处。如果发生了让人为难的事，小孩子会一直为难下去，而大人会去解决。你房间里那台手机不是你的。我们会找到委托人的亲属，请他们向你提出返还要求。”

“你要是敢这样，我就把手机砸了。”

“那也没关系。”圭司说，“我们的工作是删除数据，并不包括保全委托数据以外的数据。你要是帮我把委托人的手机砸了，那就算我们完成了工作。只不过，如果要砸，麻烦你砸彻底一点，最好让数据再也无法复原。”

“你为什么要删了那些数据？反正爱莉已经死了，谁也不会在意数据到底有没有删除。”

“我们会在意。只要疏忽一次，就再也无法回到从前。这就是工作。”

圭司抢在奈奈美开口说话前，继续补足道：

“对大人来说，是这样的。”

奈奈美沉默了。圭司转开目光，仿佛认定对话已经结束。两人并没有和解的迹象，于是祐太郎只好开了口。

“如果奈奈美是波多野小姐的朋友，那就按照波多野小姐的意愿去做吧？她把不希望留下来的数据委托给了我们。我虽然不知道那是什么，但是她明确表示了希望删除那些数据的心情，所以，我们只要尊重她的心情，把数据删掉不就好了？”

他边说边觉得这些话好像在哪儿听过，然后意识到那是圭司经常对他说的话。所以，他多少也预料到了奈奈美接下来要说的话。

“我觉得这跟你们两个人没有关系。”

“是啊，你说得对。”祐太郎说。

如果是由我来删除就可以。可是，你没有删除的权力，就算那是死者的委托也不行。祐太郎想，如果自己站在跟死者很亲近的立场上，一定也会这样想。

“其实我也一直在思考，我们到底有没有删除这些数据的资……”

“你想说有吗？”

“不知道，虽然不知道，但也要删除，因为那是委托。”

奈奈美盯着祐太郎看了一会儿，然后转向圭司。

“我不打算把手机交给你。如果你要用大人的做法把手机从我这里拿走，那就请便吧。”

圭司正要说话，奈奈美却竖起了手指。

“小孩子有小孩子的做法。”

她背向两个人离开了。圭司看着奈奈美关上的门，眼里带着笑意。

“我觉得那是个很累人的孩子啊。”祐太郎说，“圭怎么还挺高兴的。”

圭司用反问的目光看了他一眼，然后才点点头。

“因为她让我想象到了某个熟人的小时候。他们俩写程序的方法很相似。”

“程序？”

“那孩子发送过来的恶意软件，可能是她自己原创的，而且应该是自学。内容一点都不简洁，可是在奇怪的地方有着奇怪的讲究。原创的程序会暴露一个人的性格。明明很大胆，却仔细得过分，毫无意义地坚持自己的风格。她自己也意识到了这点，却假装没有发现。我那个熟人小时候一定也是这样的，一想到这里，我就忍不住想笑。那样的人想普普通通地活下去，肯定很难吧。”

圭司笑着说。他好像把女孩子跟记忆中的那个人重叠在一起了。那不是单纯的亲近，还带着一丝丝苦涩。

“你那个熟人是谁？”

圭司踌躇了片刻，然后回答。

“他叫夏目，是你来之前在这工作的人。”

“哦哦。”

自从他来到这里，已经听过好几次那个名字了。

“to K”。

他想起了那个足球。

“那个夏目是什么人？感觉不是普通的员工啊。”

“其实我不算是聘用了他，而是把他请来了。他教会我很多东西。特别是电子安全这方面，能超过夏目的技术人员恐怕不多。”

“那他就是圭的师父啦？好厉害啊。”

他笑容里的苦涩又多了几分。

“可惜有坏习惯。”

“坏习惯？”

“总是喜欢欺负人。”

他正要问那是什么意思，圭司却朝奈奈美离开的房间门努了努嘴。

“让她就这么走了真的好吗？跟在那孩子后面应该是接近委托人手机的最快方法吧。”

“啊？呃，真的吗？”

“应该说，目前除此之外，别无其他办法。”

“那你怎么不早说。”祐太郎边说边拽过沙发背上的飞行员夹克。

“有消息了，我会联系你。”

不等圭司说完，祐太郎就冲出了事务所。

祐太郎跑出大楼没多远就看到了奈奈美的背影。他本想叫她一声，但很快改变了想法。奈奈美刚才拒绝得如此坚定，想说服她交出委托人的手机恐怕很难。既然她说手机放在家里，那就要先弄清楚她家在哪里。祐太郎隔开一段距离，开始尾随奈奈美。

奈奈美在附近的车站坐上了地铁。原以为她是要回家，可她很快就下了车，回到地面，开始沿着银座大道往前走。祐太郎小心翼翼地跟在后面。她的步伐跟坐车前不一样了，不太像前往某个特定的目的地，似乎只是在散步。由于奈奈美偶尔会回头看一下，祐太郎担心被发现，就走到马路另一头的步道上去了。现在还是上午，银座的步道上看不到跟奈奈美同龄的人。对了，她怎么没去上学啊？祐太郎心里这么想着，不过尾随起来倒是非常轻松。因为那是一个大人堆里的小孩，小小的身体在银座步道上反倒非常显眼。奈奈美行走的节奏明显跟正在工作的大人们不同，悠悠地走着。莫非她跟别人约好了在附近碰头，正在打发时间吗？祐太郎边想边尾随，发现奈奈美突然在某个奢侈品店门前停下了脚步。那是以钟表和宝石饰物闻名的品牌。奈奈美拿出手机，拍摄了面向店外展示的商品照片。看到漂亮的东西会被吸引过去，这点果然是个女孩子啊。祐太郎不禁有些想笑。她好像没有走进去的勇气，只是站在玻璃窗外定定地看着闪闪发光的店内。不一会儿，奈奈美又动了起来。她走到自动门前，心急地穿过缓缓打开的自动门走了进去。祐太郎正在犹豫要不要追过去，奈奈美就出来了。为奈奈美打开的自动门都没来得及关上。她从店里走出来，再次用同样的步调在人群中走了起来。

同样的事情重复了好几次。奈奈美会在知名品牌的店铺门前停下，拍摄橱窗里的东西，然后看准时机走进店里，又马上走出来。

她在大路上漫步了三十分钟左右，然后转进一条小路，又用手机拍摄了一家珠宝店的橱窗，然后走了进去。祐太郎以为她很快又会出来，不过这次并没有。这里虽然不是她此前走进去的那些高级品牌店，但好歹也是在银座有门面的珠宝店，应该不是小孩子消费得起的地方吧？他想进去看看她在干什么，正要动身，手机就响了，是圭司打来的。

“我找到了一些关于波多野爱莉的信息。她用真名开了社交网络账号，那上面显示她在新宿一家 IT 企业工作。”

IT 企业，她跟很擅长电脑的奈奈美应该在这方面有交集吧。

“她的账号设置了浏览限制，不过很松，只要有意，谁都能看到。我再用账号上的照片进行检索，发现有人在其他网站上发布过同样的照片。那边的账号是网名，不过正主应该也是波多野爱莉。两个账号的内容都是东西很好吃、衣服很可爱、风景很漂亮这些不痛不痒之事。尽管如此，她在网上好像还是个小红人。她的账号底下有大量评论，不过也都是不痛不痒的东西，并没有特别惹眼之处。顺带一提，从这里应该推断不出住址，要是断了女孩那条线，就很难找到手机了。情况怎么样？”

祐太郎把奈奈美的路线告诉了圭司。

“我不知道她到底在干什么，可能真的是随便逛一逛名牌店吧。”

“银座的奢侈品店吗？关于那方面，正好有个合适的。”

声音远离了一会儿，圭司好像在对什么人说话。电话沉默了片刻，然后换成了另一个人。

“祐太郎君？今天你也要努力工作啊。”

“啊，舞小姐。你好。”

奈奈美从店里走出来了。尽管不是瞬间就出来的，但她也只在店里待了五六分钟。她再次走动起来的步调跟刚才有了点变化。

“我正在跟踪别人，要是电话挂断了，请你原谅我。”

“嗯，好好干哦。”舞笑着说，“那我就长话短说吧。我不知道你们在搞什么，不过刚才圭说的都是奢侈品牌中主营珠宝饰品，尤其是看重宝石多于设计的品牌。这些品牌原本都是经营原石，或者专事切割的工匠。”

确实，大道上还有其他知名奢侈品店，但奈奈美多数都是稍微看一眼，并没有停下来。原来她看似随意闲逛，实际上却在选择店铺啊。

想到这里，通话的人又换成了圭司。

“就是这么回事。”

“那到底是什么意思呢？”

奈奈美正脚步坚定地走着，祐太郎一边注意不跟丢了，一边问圭司。

“以宝石出名的品牌，圭能想到什么？”

“方便换钱。”

“啊？”

“要是宝石本身具有价值，那即使从戒指或项链上拆下来也能换钱。假设东西是失窃品，那相比原样倒卖，这样更不容易被捉住马脚。如果对方不是个十四岁的女孩子，我就要怀疑那是宝石大盗了。”

“那不太可能吧？”

“嗯。不过我看波多野爱莉的社交账号，发现她的生活十分奢侈。不仅频繁出入高级饭店，平时买东西也不会去廉价的店铺。连购物中途去休息，也是到高级酒店大堂的咖啡厅去。不过，她的工资可能很高，也可能喜欢在这方面花钱。只不过从印象来推断，她过的是年收入六七百万日元的生活。这放在一个二十四岁的女职员身上，虽然谈不上不自然，不过也过于宽裕了。”

“会不会是父母有钱啊？说不准零花钱比工资还多。”

“她在网上如此曝光自己的生活，要是真像你说的那样，肯定会在什么地方夸耀过自己有钱的父母才对。可是她从未提到过自己的父母。”

“那恋人呢？比如一个比较年长、收入较高的男朋友。”

“没有恋人。她的社交账号本来就以单身女性吸引恋人为主题。吃好吃的东西，穿可爱的衣服，做快乐的事情，包裹在幸福中，自然就能成为迷人的女性，也自然就会交到优秀的男朋友。她就是在这种自说自话的概念中分享各种日常照片。底下评论的也是对那种态度持有共鸣的同龄女性。要是她有了男朋友，肯定会把过程都逐一分享在社交账号上吧。顺带一提……啊，你跟踪没问题吧？”

“哦，嗯。没问题。”

奈奈美走过了地铁站，又走过了 JR 车站，毫不犹豫的步伐比懒散的散步更容易跟踪。

“顺带一提什么？”

“波多野爱莉好像没有得病。”

“啊？”

“她邻居堂本奈奈美说波多野爱莉被送到医院后，自己在手机上发现了可疑的应用程序。听她这么说，我联想到的是波多野爱莉疾病缠身，在家中倒下，其邻居堂本奈奈美发现后叫了救护车这个流程。从她跟我们签约这点来考虑，我也以为波多野爱莉罹患了事关生死的疾病。可是，在她的社交账号上，波多野爱莉却极为健康。她会吃各种美食，每逢休息就出去玩耍，长假还时常到国外旅行。”

“波多野小姐为什么会死，她又为什么跟我们签了约？”

“对，要说不可思议，那确实很不可思议。”

看来圭司也察觉到了跟祐太郎一样的异样感。

“总而言之，你先找到她的手机，弄成可通信的状态。只要把数据删了，我们的工作就结束了。”

补上那句借口一样的话语后，圭司挂断了电话。

在此之前，圭司从未对委托人的个人情况产生过兴趣，还每次都阻止祐太郎打听委托人的消息。不过这段时间，他有了一些改变。那可能是他本人都没有意识到的变化。祐太郎感觉，他刚才意识到的事情，圭司自己也还没有意识到。

他正忙着思考那个变化的意义，却看见奈奈美离开了步道。她朝刚刚建成的外资高级酒店走了过去。祐太郎抬头看了一眼高耸的建筑物，也跟了进去。

走进酒店，眼前是一个宽阔的大堂，正中间装饰着巨大的圣诞树。从时期来考虑，这应该进入照明的最终调整阶段了。巨大的圣诞树旁边，有几个统一着装的作业人员正在工作。奈奈美从他们旁边走过，找到大堂的沙发坐了下来。

她在等人。

祐太郎想着，并没有走向大堂，而是朝另一边的自动扶梯走了过去。二楼被设计成回廊的样子，能够俯视大堂。他移动到从后方俯视奈奈美的位置，躲在柱子后面开始了监视。可是，并没有人靠近奈奈美，而奈奈美也不像在等人的样子。她只是坐在那里玩手机，好像在打发时间。

他耐心地继续监视奈奈美，正好十二点的时候，大堂一角发出了一阵欢呼声。原来是圣诞树的照明彩灯被点亮了。那棵树超过了二楼的高度，上面装饰的各色彩灯被点亮，与其说可爱，不如说壮观。

奈奈美好像也被吸引住了。她从沙发上站起来，走到圣诞树前举起了手机。拍了几张照片后，她并没有走回沙发，而是朝酒店内部走了过去。祐太郎慌忙下了自动扶梯追赶上去。

他以为自己跟丢了，却在咖啡餐吧里发现了奈奈美的身影。店内大约有二十个席位，另一头的露台也有五个席位，奈奈美就坐在其中一处。她旁边没有别人。店内的席位坐满了盛装的太太和貌似正在进行午餐会议的生意人，可能因为今天有点冷，露台上只有奈奈美一个人。祐太郎猜测这回应该是等人了，便缩到走廊一角，继续监视奈奈美。因为露台光线明亮，监视起来很方便。只是等了许久，还是无人现身。奈奈美并没有注意周围的样子，依旧在摆弄手机。不一会儿，饭菜送了过来，奈奈美独自吃了起来。祐太郎看了一眼餐厅门口的菜单，发现奈奈美吃的是最便宜的午间意面套餐。虽说是最便宜，但也要三千日元。

走廊前方有手机专用的通话区域。祐太郎走过去坐下，一边监视，一边给圭司打电话。他说明完现在的情况，圭司哼了一声。

“一个小孩子在酒店吃午餐吗？真是优雅。然后呢？”

“啊？”

“你打这个电话干什么？要我查什么？”

“不是，现在十二点多了，我尾随的奈奈美小朋友正在美美地吃午饭。我光在旁边看着，实在饿得不行。”

“原来找我没事啊。”圭司不耐烦地说。祐太郎以为他要挂电话了，圭司却继续说道，“我调查了波多野爱莉工作的地方，不过也没得到多少信息。看来那是个独立的 SIer。”

“SIer？”

“系统集成商。这是个新兴企业，而且规模很小。我还调查了他们的业务实绩，几乎什么都没有。他们好像并没有做表面上说的那些工作。实际业务可能是给其他公司做外包吧。”

他还没来得及问系统集成商是什么，话题就继续下去了。实在没办法，祐太郎只好问：

“那又怎样？”

“无论怎么想，波多野爱莉的工资都不会太高。这种规模的SIer，给一个二十四岁员工的年收入要是能超过二百五十万日元，我就要大力夸奖那里的社长了。”

“也就是说，她的收入跟实际生活不匹配？”

“嗯。”

“波多野小姐还有工资以外的收入。”

“应该是的。”

这到底是怎么回事？祐太郎看着一个人在露台上享用午餐的奈奈美，思考了一会儿。

“你说，要是奈奈美真心想买她在奢侈品店拍过照的商品，那会怎么样？”

“什么？”

“她是个初中女生，所以我之前并不认为她会买。可是，在店铺的橱窗前停下脚步，然后走进店里，这换作平时，应该是想买商品的人才会有的行动吧？她走进店里一小会儿，可能是去看橱窗商品的价格了。你觉得呢？”

“这个并非不可能。”

祐太郎远远看着在明亮的露台上优雅享用午餐的奈奈美。尽管她是跟这个餐厅明显格格不入的客人，可奈奈美并没有胆怯，也没有强撑门面的样子。或许，奈奈美早就习惯了这种场所。她还拿起手机给端上来的甜品拍了照，然后迫不及待地吃了起来。

“波多野小姐会不会跟奈奈美控制了同一个金钱来源啊，所以低收入的女职员和一个中学生才能过上与收入毫不相称的日常生活。”

“金钱来源？比如什么？”

“不知道。有可能她们住的公寓垃圾场里出现了装满钞票的袋子，也可能捡到了把密码写在上面的大富豪的储蓄卡。”

“波多野爱莉委托删除的资料，有可能跟那个金钱来源有关。”圭司小声说。

“一定是了，所以奈奈美才会……”

说到这里，祐太郎猛醒过来。

“对啊，如果那是她不希望被人知道的秘密金钱来源，那堂本奈奈美应该希望数据被删除才对。”

“是吗？也对啊。”

“或者是不能删除的东西？要是数据被删除，两个人的金钱来源就会消失不见，比如那是恐吓某个人的把柄。”

“两个女孩子，恐吓他人？”

“如果对方也是女性，那就很有可能啊。就算是男性，也有办法对付。”

“嗯……”祐太郎沉吟了片刻。

他觉得这有点不太可能，可是仅靠奈奈美不像那种人这个说法，并不能否定那个论断。

“总而言之，对方的底细我们还没弄清楚。要是把她当成小孩子，有可能搬起石头砸了自己的脚。你注意点。”

“知道了。”

祐太郎挂了电话。

又过了十五分钟，奈奈美结束了优雅的午餐，从咖啡餐吧走了出来。她没有回到大堂，而是走向另一边的大门。祐太郎也从通话区走出来跟了上去。奈奈美在酒店出口不远处下了地铁入口。隔了一会儿，祐太郎也走了下去。奈奈美下完台阶向左拐了过去，祐太郎刚加快脚步，却听到背后传来一个声音。

“哇！”

他回头一看，发现发出声音的人是个驼背的老奶奶。她踩空了一级台阶，摇摇晃晃地支撑了两级，最终还是失去了平衡。祐太郎慌忙冲过去，接住了老奶奶倒下的身体。

“啊——”被抱住的老奶奶在祐太郎胸口叫了一声，“啊——吓我一大跳。啊——”

“您没事吧？”

“啊——真是太谢谢了。要是没有小哥，我就摔下去了。”

“您小心点，要抓稳扶手哦。”

“是啊，我得小心啦，毕竟是个老人家啦。”

他跟老奶奶互相笑了笑，正要回头去追奈奈美，却听到下面传来声音。

“没事吧？怎么了？”

是奈奈美的声音。祐太郎顿时僵住了。

“受伤了吗？”

奈奈美好像还没发现祐太郎。因为他背对着她，还穿着在事务所没穿上的飞行员夹克。

“没关系，这个小哥救了我。一点事都没有。”

老奶奶从祐太郎旁边探出头去回答道。

“对吧？”

老奶奶问了他一句，可他不能说话，更不能回过头去。

“我去叫站员过来吧？”

奈奈美走上了台阶。

“没关系，我跟这个小年轻抱在一起，还占了点小便宜呢。”

老奶奶拍了两下祐太郎的手臂，奈奈美笑了。

“您没事就好，那我走啦。”

祐太郎听到奈奈美走下去的声音，长舒了一口气。

“小哥，我已经没事啦，谢谢你。”

“啊，不用谢。那您注意点。”

他对老奶奶说完，转身朝奈奈美追了过去。

就算对方不知道他是在事务所见过的人，一旦让她察觉这是在她后面下楼梯的那个人，一切也就都完了。别说对上目光，哪怕让她看到自己的身影，就可能败露尾随的事实。于是祐太郎十分慎重地跟在了奈奈美后面。奈奈美乘上地铁，又换了一条线，往新宿方向前进。

她在新宿来到地上，这次又进了百货大楼。祐太郎琢磨着她怎么还不回家，奈奈美已经站在自动扶梯上到了三楼。那是妇女用品的卖场。她大步向前走着，朝楼层角落前进。

“啊啊……”

看到奈奈美走进去的地方，祐太郎哼了一声。那是女厕所。

他走进能看见女厕通道的女鞋卖场，转到了有点高度的展柜后面。那里面摆着各式各样的高跟鞋，一个女店员很快就走了过来。

“请问您需要什么？”

她恭敬的背后还透着一丝怀疑。

“啊，没什么。那个，我在想要送什么礼物好呢。”

“高跟鞋吗？”

“啊，那个，能让我自己看看吗？我不知道都有什么款式。”

“是吗？那您请便吧。”

店员笑着退了下去。

祐太郎假装看鞋子，同时偷眼看着那边。他以为奈奈美很快就出来，可是等了五分钟，等了十分钟，还是没有等到人影。过了十五分钟，祐太郎抱起了手臂。这也太久了。可那毕竟是女厕所，他又不能进去确认。于是他开始思考该怎么办。

“欢迎光临。”

刚才那个女店员说了一声。一个二十岁左右的男人走进了卖场。好像是个大学生，打扮很休闲。原来女鞋卖场也有男性客人会走进来。祐太郎松了口气，却跟那人对上了目光。他脸色一沉，朝祐太郎走了过来。这人个子虽然没有祐太郎高，但是肩膀很宽，走起路来重心放低，充满了力量。可能不是练武术的，或许是橄榄球吧。祐太郎想象着，那人却在他面前站住了。然后，他用凶狠的目光盯着祐太郎。

“我觉得这样不好。”他说。

他好像没什么阅历，不过倒是下定了决心。虽然紧张得涨红了脸，但还是让祐太郎看到了强烈的决意。虽然不明白原因，可他是再三坚定了意志之后，才走到祐太郎面前的。

“你说什么呢？”祐太郎无可奈何地问。

“客人？”刚才那个店员困惑地叫了一声，“那个，请问出什么事了？”

“啊，不是，没什么。”祐太郎对店员笑了笑，重新转向那个人，“要是我对你做了不好的事情，我可以道歉。可是，我究竟做了什么呢？”

“请你别装傻了。你不觉得羞耻吗？”

“羞耻……哈啊？”

祐太郎反问时，又有一个男人气喘吁吁地冲进了卖场。那人跟祐太郎年龄相仿，系着职员风格的领带，头发却染成了明亮的褐色，耳朵上还戴着耳环。他一见到祐太郎，连气都不喘匀，就大步走了过来，双手猛地按住祐太郎的肩膀。

“你想干什么啊？”

祐太郎没有抵抗，而是任由他把自己往后推。

“你也是？”

按住祐太郎肩膀的人问第一个男人，第一个男人点了点头。

“我看到那条发言，正好在这附近。你呢？”

“我在涩谷，所以赶紧叫了辆计程车赶过来。”

“是吗？”

两人相视而笑。这两个完全不同种类的人，竟然酝酿出了相见恨晚的氛围。

“等等，什么发言啊？我对你们做什么了？”

“不是对我们，是对小奈美。”第二个男人说。

“小奈美？啊，什么？你是说奈奈美？”

“不准叫她奈奈美，你这个跟踪狂。”

第二个男人猛地一挥手要抽祐太郎耳光，祐太郎弯头一闪，左脚猛蹬地面，冲到了第一个男人面前。祐太郎伸直弯曲的膝盖，几乎从他正上方俯视着他。

“回答我，什么发言？”

“小奈美在自己的账号上求助了。”第一个男人被祐太郎的气势镇住，只得说道，“她说有个奇怪的男人在尾随她，因为太害怕了，她只能躲在新宿百货大楼的女厕所里不敢出来。因为不想报警，就让在附近的人过来救她。”

“于是你们俩就来了？”

他话音刚落，又有一个男人气喘吁吁地向卖场走来。他戴着眼镜，身材瘦削，三十岁上下。

“原来是你！”

第三个男人对祐太郎尖叫一声，随后看了一眼前面的两个男人。两人对他点了点头。

“还有一个人正在喊保安。我们等会儿说明情况，叫保安把他赶出去吧。”

“不，那我可为难了。”

祐太郎特别为难，急得叹了口气。就在那时，奈奈美出现在了通道上。她看了一眼旁边的骚动，加快脚步准备离开。

“啊？那就是小奈美真人？”第三个男人小声说。

“谢谢大家了。”

奈奈美略低着头摆了摆手，然后跑走了。

“喂，等等。你先把这里给我解决了啊。”

祐太郎喊了一声，奈奈美并没有回头。

“啊，够了，别胡闹！”

祐太郎正要追过去，第一个男人却拦腰抱住了他。

“你够了。一大把年纪还要去追这么小的女孩子，这也太丢人了。”

“不是，你被那种小孩子在社交网络上要得团团转，还好意思说我？”

“总之你给我老实待着，等保安过来。”

第三个男人也走了过来，想从背后把他制住。

“什么老实待着，我真的做不到啊。我得追上她。”

祐太郎扭动身子，挣开一号，然后把三号的手臂拧到头顶，此时二号却来助阵了。

“你还好意思说，这个浑蛋跟踪狂。”

他放开三号的手臂，身形一晃躲过了二号的拳头。

“不是，你误会了，我说追她不是那个意思。”

“在那里！”又一个叫声传来，原来是第四个男人带着穿制服的保安过来了。

“啊——真是的。”

祐太郎往旁边一晃，躲过再次扑过来的一号，随后对着挡在面前的三号的眼睛双手一拍，趁他闭眼的空当闪了过去，再一掌拍向二号打过来的拳头，躲了过去。如果要避开四号和保安，就要跑向跟奈奈美相反的方向，但是他别无办法。被躲开的一号直直撞向了背后的展示柜，被祐太郎击掌吓到的三号向后踉跄了几步，撞上了陈列台，一屁股坐在了长靴上。向祐太郎挥拳的二号被拍得失去平衡，扑到了刚才那个女店员身上，吓得店员尖叫起来。

“啊——真是的。”

祐太郎对这个惨状再次叹息一声，然后拔腿就跑。

圭司递过来的手机画面上，显示着正在女鞋卖场跟店员交谈的祐太郎的照片。应该是偷拍的。虽然祐太郎背着身子看不见脸，不过能看到大致的体形和身上的衣服。

祐太郎把手机还给了圭司。

“你被整惨了。”圭司笑道。

“你说的是没错，可我觉得不该这么高兴地说出来吧。”祐太郎噘起了嘴。

“可能在地铁那儿就被发现了。然而她当时假装不知道，后来移动到了容易把人召集过来的新宿才发出求救信号。那个小孩可真够机灵的。”

“那个社交账号呢？”

“是自称电子偶像的小奈美的社交账号。上面有很多穿着各式服装，而且妆容精致的小奈美。事实上她伪装得很好，让人根本无法想象此人就是那个戴着银边眼镜的女孩子。这个账号上也有大量评论，不过粉丝好像都是喜欢年轻女孩子的男人。”

“那我就是被一帮萝莉控说成萝莉控了吗？好受伤啊。你从账号上能查到什么吗？”

“那上面的个人信息就只有就读于东京都内某个贵族女子学校这一项而已。学校名没有公开，跟住址相关的信息完全找不到。每张照片都在室内拍摄，看不到外面的样子。照片上也没有附带位置信息。”

“那这不就是完全断了线索？”

“对方肯定是这么想的吧。”

看到圭司无所谓的笑容，祐太郎松了口气。

“其实不是，对吧？”

“大人怎么能一直被小孩耍得团团转呢？既然小孩子有小孩子的做法，大人也有大人的做法。”

“你要怎么做？”

“我知道对方的 IP 地址，打算从这里过去打声招呼。”

“打招呼？啊，黑进去？你要黑进去吗？”

“正确来说，应该叫破解。”

圭司往台式机里插了一个 U 盘，然后操作鼠标。祐太郎绕到桌子另一头看着显示屏。那上面开了好几个窗口，全部流动着无数的数字和字母。

“你在干啥呢？”

“调查这个 IP 地址对应的通信端口，然后调查预期使用软件的零日漏洞脆弱性。”

他听了完全不知该问什么好。

“啊——就是什么？”

“我在寻找进入对方电脑的入口。”

“啊？就这样？不是应该有那种噼噼啪啪敲键盘的场景吗？超高手速什么的。”

“想这么干的人就会这么干，而我嫌麻烦，所以不这么干。”

“啊——这就是黑客？跟我想的有点不一样啊。”

“没能回应你的期待，真不好意思。”

“有我能做的事吗？”

“你尽量待在不碍事的距离，做点不碍事的事情。”

“啊，哦，好的。”

祐太郎垂头丧气地走向了沙发。不到二十分钟，圭司的作业就结束了。听到他不高兴地哼了一声，祐太郎回到了办公桌前。

“找到了？”

“我知道这个 IP 地址的使用人了，但那并不是堂本奈奈美，而是竹内雄吾，二十八岁，普通的公司职员。竹内雄吾的地址、工作地点、交友关系和性癖好都查到了，不过他可能根本不认识堂本奈奈美。”

“那难道是那种？把别人的 IP 地址当成跳台，做了什么伪装之类的？”

他感觉以前看过类似的新闻。只见圭司惊讶地抬起了头。

“那啥，别用看到狗说话的眼神看着我呀。”

“我的惊讶远远超出狗说话了。”

“你好过分。”

“好了，不说了。”圭司说，“我也以为她利用了别人的 IP 地址做跳台，但是不对。事实更单纯，也更棘手。堂本奈奈美盗用了这个竹内雄吾的无线 LAN 信号。”

“嗯——那是什么意思？”

“你到一楼去拿出手机看看，确认一下无线网信号能传多远。这一带应该能接收到将近二十个强度可供使用的无线网信号。

虽然每个信号都加了密，但并非无法破解。如果是加密方式比较旧的信号，十秒就能破解了。”

“啊，不过奈奈美不是说，她把自己用的无线网借给波多野爱莉用了吗？”

“她应该是把自己盗用的竹内雄吾的无线网分享给波多野爱莉了。”

“哦哦，原来如此。”

这种厚颜无耻的行为让祐太郎忍不住笑了。

“盗用无线网为什么很棘手啊？”

“堂本奈奈美可能已经不用这个无线信号，而是破解了附近的另一个无线信号来使用。现在已经不能用这个 IP 地址来追踪堂本奈奈美了。”

“有线索吗？”

“一般无线路由器的信号覆盖距离，假设没有障碍物，可达到二百米以上。可是，在城市中不可能不存在障碍物，若假定为不妨碍日常使用，那这两个人居住的公寓，应该离无线路由器顶多只有几十米。”

“也就是说，那两个人住的公寓就在竹内雄吾家附近，只要找出来就好了？”

“对，脚踏实地去找。”

对圭司来说，利用数字网络收集信息更为轻松，但对祐太郎来说，只有真正看得见、摸得着的东西，找起来才更轻松。

圭司在屏幕上调出了板桥区的地图。

“这里就是竹内雄吾的住处，是一座名叫‘中丸公寓’的出租屋。你要以这里为中心，逐个调查附近的公寓楼。”

“只要找找邮箱上有没有堂本和波多野两个名字并排就对了，是不是？不，波多野小姐的名牌可能已经撤掉了。不过那样一来，我只要找到堂本家旁边是空房间的公寓就好了。太简单了。”

“但愿如此。”

果然正如圭司担心的那样，调查并不简单。因为那一带的住宅非常密集，只要有心，能被称为“公寓”的楼房也有很多。另外还有许多没有贴名牌的邮箱。而且，以某个地点为中心，向周围画一个同心圆不断扩大调查范围，这种做法在地图上看起来很简单，实际上道路并不是这样设计的。他必须随时跟圭司联系确认有没有漏掉的公寓，有没有没进去过的小巷子，同时在道路狭窄的住宅区里来回穿梭。那是字面意义上的地毯式调查，也是偏好高效合理的圭司最不擅长的工作。

“够了，还是去波多野爱莉的公司问问吧。”

最后，圭司终于说出了这句话。早在三十分钟前，圭司在电话里就毫不掩饰烦躁的语气了。现在已经调查了两个多小时，时间已经是傍晚五点多，周围的光线正在变暗。

“问公司？可他们会透露员工的个人信息吗？”

“我不是要正面询问，而是从背后打探。”

“从背后打探？啊，又要黑进去？啥？你要黑进一个 IT 企业？”

“说是 IT 企业，实际不过是小规模的系统集成商，肯定有办法的。他们不是门外汉，防御系统反倒更容易解读。”

“那样真的好吗？”

“总之你先回来，天气预报说马上就要下雨了。”

确实，他感到空气里充满了湿气。祐太郎决心再看最后一次，便朝他所在的巷子尽头走了过去。

“啊，你看，这是不是路啊？”

“哪里？”

“刚才那座公寓往右走到尽头。这里跟独栋住房之间有条小路。这不是私有土地，而是道路吧？”

“我这边的地图确认不了，上面显示走到头了。啊，不对，前面确实有建筑物。没错，地图上确实没有显示出通往那座建筑的道路。”

“那我去看看。先挂了。”

祐太郎挂了电话，顺着小路走了过去。没走多久，就看到了一座陈旧的木制二层出租屋，门口还挂着一块褪色的塑料牌子，上面写着“春宫庄”。

“不过这再怎么也不能叫公寓吧。”

他很怀疑里面是否住了人。每个房间都没有灯火，不过他为了保险起见，还是从一楼开始查看住户的名牌了。就在那时，一楼第一个房间的门竟然开了。

“啊。”祐太郎说。

奈奈美呆站在那里，无言以对。

“哟。”祐太郎又说。

她情急之下想跑，但好像马上放弃了。随后，奈奈美绷直身子，死死盯住祐太郎。祐太郎尽量露出友善的笑容，走到奈奈美面前。

“干什么？”

“我有很多话想说，不过你先告诉我一件……”

“爱莉的手机被我扔了。在回收普通垃圾的日子扔掉了。”

“啊，不是，我也想问那个，但不是……”

“不是那个是什么？”

“那些人没事吧？把人家鞋子卖场搞成那样，没有被要求赔……”

“那跟你没有关系。”

“那可不行，毕竟我也有责……”

“责任都在我身上，跟你没关系。”

“不是不是，你等等。让我想想。”祐太郎说着，停下来想了想，“一帮大人被社交网络上的话指使，连情况都不确认就朝我扑了过来。到现在为止，应该是那些人的责任吧？然后为了甩掉那些人，我明知道会给百货商场添麻烦，还是活动了一下身体，这是我的责任。结果就造成了那么大的损失。呃——可能你并没有责任，而我则有一点责任。”

奈奈美目不转睛地盯着祐太郎，然后突然看了看天，转身把刚才走出来的那扇门打开，又看向祐太郎。

“请进吧。”

“啊？”

“下雨了。”

祐太郎抬起头，正好有一滴雨落到了额头上。那滴雨很冷，提醒他下一个季节马上就要到来了。

“啊，哦。”

祐太郎跟在奈奈美后面，走进了出租屋。

房间内部并不像外表那样破旧。

从玄关走进去，旁边就是木地板的厨房，里面还摆着小小的餐桌。走到里面，右手边的门应该是厕所和浴室，最深处的纸门那头，可能就是另一个房间了。

奈奈美点亮水槽上的照明，面朝餐桌坐了下来。她一言不发地示意祐太郎坐到对面，于是祐太郎拉出椅子，坐了下来。

水槽上的灯很难照亮整个房间。他抬起头，发现房间里没有电灯，只有一根电线从天花板垂下来。

“听说商场没有报警。”奈奈美开口道，“是那些人把卖场弄成了那个样子，而那些人说明情况后，好像就被放走了。”

她拿出手机点了几下，然后递给祐太郎。那是小奈美的社交账号评论栏。

“小奈美平安无事真是太好了～”一个头像是手绘长颈鹿的“动物狂”写道，“虽然被商场骂了一顿，不过没问题。”

“这人是哪个？”祐太郎把手机还给她，问了一句，“那个像橄榄球运动员的？像小混混的？还是……”

“不知道。”奈奈美说。

“啊，哦哦。这样啊。”

雨变大了一些，出租屋里一片静寂。

“那个，你父母在……”

“只有妈妈，现在在工作。她在超市做收银，傍晚才下班，然后去喝酒。”

“啊，哦哦。是吗？”

“是的。”

远处传来狗叫，噼噼啪啪的雨声很烦人。

“奈奈美不是在东京都内的贵族女子学校……”

“你在讽刺我吗？”

“啊，不是，怎么会……”

“那当然是假话啊。你看到这里还不明白吗？”

“啊，假的。是吗？好吧。”

“按学区来分，就是附近的初中，虽然我只去上过三天。”

“你逃学？”

“我刚才说的就是这个吧？”

“啊，嗯。没错……”

“请你不要每句话都确认一下。”

“啊，好的，我注意。”

狗终于不叫了，烦人的雨声还在继续。

“住在隔壁的人就是波多野小姐对吧？你跟波多野小姐是……”

“钉子户同伴。”

“钉子户同……”

“这里要被拆掉了。有人出钱叫我们搬走，可是就算拿到一点搬迁费，这一带也几乎找不到月租四万日元，带浴室，能让一对母女居住的房间。这里其他住户都搬走了，只剩下我们和爱莉。”

“波多野小姐也不想搬走吗？可她不是挺有钱……”

“社交账号？”

“啊，嗯。我看了波多野小姐的……”

“其实爱莉没有工作。就算能拿到钱，要是没有正式工作，也找不到能租的房子，所以爱莉搬不走。”

“没工作？那波多野小姐是怎么生活……”

“她大专毕业后进的公司是黑心企业，两年就搞坏了身体，还被迫辞职了。等身体好了一点，存款也花完了，于是她就开始当陪酒女。她就是那个时候搬过来的。据说她去面试了普通的公司，一家都没中，不过她内心是个很正经的人，还是想在普通公司工作，就一直去面试。找工作被人冷言冷语，陪酒又被人动手动脚，于是她又搞坏了精神，最后连陪酒女都当不下去了，只能靠以前干那些存下的钱坐吃山空。”

“那个规模很小的什么系统集成商？她不是在那个IT公司……”

“那里是爱莉没面试上的公司。我查过了，那公司不仅规模很小，而且基本上是个黑心企业。尽管如此，那次面试还是最有把握的一次，所以爱莉落选后特别失望。”

“她为什么要……”

奈奈美抬起头，狠狠瞪了祐太郎一眼。对上那凶狠的目光，祐太郎顿时蔫了。

“如果那个问题是……”

奈奈美的嘴唇在颤抖。

“如果那个问题是她为什么要在社交账号上编造那么多谎言，那就请你再好好想想，问那个问题有意义吗？”

一点没错。他不需要答案。这两个人都想成为不一样的自己。

“啊，嗯……”

奈奈美双手一拍桌子。

“要是你说对不起，我就动手打人了。”

祐太郎把话咽了回去。看到他那个样子，奈奈美的肩膀松懈下来。

烦人的雨声依旧响个不停。刚刚安静下来的狗又开始叫了。

那也可能是另一条狗。奈奈美把目光转向狗叫的方向,叹了口气,靠在椅背上。

“要问为什么,我觉得那次面试落选应该是契机。面试结束后,那个面试官好像用一副很有把握的样子跟她说了话。不,那也可能是爱莉自己想象出来的。总之爱莉特别高兴,以为自己终于能在普通的公司上班了。结果还是不行,所以她特别低落,说自己收到的邮件就只有店里叫她去陪酒,还有公司给她发来的非常遗憾的通知。她本来的精神状态就很不稳定,那段时间也真的非常危险。她割腕了好几次,还哭着说再也不能相信自己了。”

“是吗?”

祐太郎想,原来她跟人生删除事务所签约不是因为生病,而是恐惧自己的自杀冲动吗?

“所以我就给她出了个主意。让她试着创造在那家公司工作的另一个波多野爱莉,就像我自己这样。”

“哦,你说小奈美?”

“给大家带来七彩元气维他命的数字偶像小奈美来啦。”

奈奈美把剪刀手横放在眼侧,吐出了小小的舌尖。祐太郎和奈奈美第一次相视而笑了。

“我小学就开始做这种事了。从那时候起,我的朋友就只有手机。啊,你不用同情我,这是我的主观意愿。数字偶像奈奈美其实是我跟朋友沟通的唯一话题。一开始我用妈妈的化妆品化妆，穿妈妈的衣服。跟爱莉认识后，我就跟她两个人一起到百货商场去，让爱莉在化妆品卖场请促销的姐姐化妆，顺便也帮我化一个，然后再到楼上的时装卖场去。我们两个人走进试衣间，用大块的布盖住镜子。那样一来，照片上就看不出背景是试衣间了。然后我就试穿衣服，爱莉帮我拍照。”

“真好玩儿。”祐太郎微笑道，“听着特别好玩儿。”

“那家公司的面试落选后，爱莉就创造了另一个爱莉。另一个爱莉是一家无名小 IT 企业的员工，希望谈到一个男朋友，为了得到男朋友，正在打磨自己。爱莉憧憬的就是那种毫无意义的女人。爱莉就是那样的人。”

波多野爱莉，在一家规模虽小但正经的公司上班，虽然没有男朋友，但是心态乐观，不断寻找着可爱的东西、好吃的东西、开心的东西。那是另一个爱莉急切想要成为的女性。

“是不是很可悲？”

“怎么会？如果波多野小姐一个人做那种事，我可能会觉得可悲，或者觉得这个人很麻烦，不过她是跟奈奈美两个人一起做的这件事，所以看起来还是很好玩儿。我是这么觉得的。”

“因为爱莉想出来的另一个爱莉实在太无趣了，我就帮她做了很多加工。我把她打造成了有很多漂亮衣服，经常吃好吃的，长假到国外去旅行的女人。”

“衣服可以像小奈美那样做，对吧？”祐太郎说，“可是经常吃好吃的，还要到国外去，这怎么弄？”

“要是碰到气氛很好的餐厅，我就会避开店名拍成照片。要是有机会，我还会进到里面拍照片。然后就跟爱莉两个人一起做饭，在这里铺上桌布，把饭菜摆在上面。这种时候必须拍大特写，稍微退后一点都不行。有时候还会装饰一点百元店的蜡烛和鲜花。分享的时候绝不提及餐厅名称，只说‘今天在青山吃意餐’‘在西麻布享用休闲法式午餐’之类的。只要写上‘虽然价格有点贵，不过很好吃’，基本上所有人都会相信了。而且，我们偶尔还会狠狠心真的到店里去。因为没钱，基本上就是喝杯茶而已。不过那种地方的拿铁仅仅因为档次的衬托，就已经跟便宜的店不一样了。我们过生日的时候，还去那些地方吃过午餐。再把照片发出去，就更加可信了。”

祐太郎想起了坐在酒店露台座位上的奈奈美。

她并不是习惯出入高档店铺，但毕竟进去过几次，平时又惯于想象另一个经常出入高档店铺的自己。当时坐在露台上的奈奈美，可能有一半是她自己，有一半是假装吧。

“国外旅行呢？”

“四处翻看亚洲人的博客和社交账号，收集上面的照片。要是用日本人的，有可能会露馅。只要把躺在沙滩椅上只露出脚尖的照片稍微加工一下，附上‘坎昆好棒’之类的文字，就不担心露馅了。因为脚尖对着的那片海真的是坎昆啊。”

两个人凑在电脑屏幕前挑选陌生人的纪念照片，那个画面看起来还是很好玩儿的。奈奈美的电脑就在纸门背后的房间里吗？

想到这里，祐太郎终于想起了本来的任务。

“那啥，关于波多野小姐的手机……”

奈奈美看了一眼祐太郎，马上移开目光，然后点了点头，从椅子上站了起来。她走进了纸门后面的房间，没一会儿就回来了。然后，她回到原来的座位上，拿出套在翻盖手机套里的手机放在桌上。

“波多野小姐为什么会死了？”

奈奈美抬起头，一度被他忘掉的雨声又在耳边响了起来。

“她自己……”奈奈美说，“在浴室里，割喉了。”

“是你发现的？”

奈奈美点了一下头。

“太惨了。”祐太郎低声说道。

“其实这样很好。”奈奈美说，“反正只有我能发现她，所以能早早发现，已经算好了。要是换成两天后或三天后，那就太可怜了。”

“波多野小姐的遗体呢？”

“听说她母亲过来领走了。爱莉说她跟母亲好几年没见面了。”

“是吗？”

奈奈美把桌上的手机推给祐太郎。

“不过没电了。”

“你为什么不希望我们删除波多野小姐的数据呢？”

“因为我想给她一个结局。”

“结局？”

“另一个爱莉的结局。努力寻找开心事物的波多野爱莉终于遇到了优秀的男朋友，他们在高级餐厅的露天座位上吃过晚餐，男朋友在刚刚点亮的圣诞树下向她求了婚。各位朋友，谢谢你们的支持。这个账号今天开始停更。衷心希望各位也能迎接幸福的到来。Fin。我想这样结束。”

“为什么要四处逛宝石店？”

“爱莉答应了男朋友的求婚后，跟他一起去逛高级奢侈品店，挑选了订婚戒指。你知道吗？最近比较流行两个人一起挑选订婚戒指呢。不过我觉得还是男朋友送给我更开心。”

注重宝石多于设计的品牌，也是最适合挑选订婚戒指的品牌。

“原来那些照片是为了在社交账号上分享啊。”

奈奈美点点头。

“我会趁店员不注意，到店里去拍照片，因为这样可信度更高。”

“最后那家珠宝店呢？”

“我本来也打算拍完照片马上出来，不过被店里的人叫住了。我跟她聊了聊，发现那是个很大方的人，还让我戴上戒指拍了照片。因为我的手太小，所以打算稍微加工一下，做成爱莉的告别照片。”

“那样很好啊。”

祐太郎说完，奈奈美摇了摇头。

“我觉得爱莉委托你们删除的应该是另一个爱莉。她一定选择了删除社交账号上的资料。爱莉可能再也无法忍受另一个爱莉了。她认为自己也能成为这样的爱莉。想到这里，她可能觉得太凄凉了，就再也撑不下去了。杀死爱莉的人，是另一个爱莉。既然如此……”

奈奈美抬起头，盯着祐太郎。

“那不就等于是我杀了爱莉吗？因为是我劝她创造了另一个爱莉，是我害了爱莉。”

奈奈美越说越激动，然后突然闭上嘴，低下了头。雨声还在继续。

“现在说什么都没用了。请你把它拿走吧。”

“我觉得吧，波多野小姐她……”

“你不了解爱莉。你对爱莉一无所知。”

“啊，嗯。是啊。没错。”

祐太郎拿起了装在翻盖手机套里的手机。不断落下的冷雨仿佛一点点夺走了房间里的温度。他想不到任何有意义的话语，然而还是觉得自己得说点什么。

“可是对波多野小姐来说，奈奈美是唯一的朋友，对不对？”

奈奈美抬头看着祐太郎，轻笑了一下。

“爱莉只有我，我也只有爱莉。这样的两个人不能称为朋友。”

“那还能叫什……”

“这是一种类别，叫作丧家犬。在我们的周围，只有我跟爱莉属于这个类别。仅此而已。”

“怎么会……”

“请你走吧，雨好像要变大了。”

祐太郎张嘴正要说话，却被奈奈美瞪了一眼。

“你快走吧。”

祐太郎站了起来。直到他走出房间，都没有想到能对奈奈美说什么。

祐太郎用毛巾擦拭着被雨淋湿的头发，同时报告了他跟奈奈美的对话。圭司把手机插到充电器上开起来，然后打开了“鼹鼠”的屏幕。他操作了一会儿，然后抬起头。

“委托人波多野爱莉的设定是删除这台手机上的所有数据。”

“所有数据？”

“字面意思，就是所有数据。电邮、文字、音乐、照片，全部删除，把手机变回出厂设置。”

“那不就……”

“不过，并不包括社交账号上的数据。”

“啊？”

“波多野爱莉并没有设定把社交账号上的数据也删除掉。”

波多野爱莉的数据将会消失，包括那些通知面试落选的电邮，店里发来催促她去上班的电邮，说不定还有她每天写下的怨言，偶尔会听的那些喜欢的音乐，应该拍过的真正的生活照片。最后留下的只有……

“所以说，最后留下的只有另一个人，那个假波多野爱莉的数据？”

“对，就是这样。”

只存在于数字世界的、开朗乐观的、光芒中的幻影。

“这是好事吗？我可以认为波多野小姐并不讨厌她跟奈奈美两个人创造的另一个自己吗？还是说，我应该认为波多野小姐被另一个波多野爱莉给杀了？”

“或许，对波多野爱莉来说，那个在数字世界里被创造出来的波多野爱莉并不是另一个自己，而是跟唯一的朋友一起玩耍的记录。那有可能是波多野爱莉希望留在这个世界上的唯一的东西。”

祐太郎想了想。如果已经发生的事无法改变，那这可能是奈奈美唯一的救赎。

“你真这么想？”祐太郎问。

“我只是认为存在那种可能性。至于相信哪个可能性，就是活人的问题了。”

圭司说着，敲了一下触摸板。真正的波多野爱莉被删除，只有假波多野爱莉依旧生存在数字世界里。

祐太郎在沙发上坐了下来。圭司合上“鼹鼠”，把手机从充电器上拔了下来。

“这该怎么办，我们能收下吗？”

圭司说着，从手机套里拿出手机，很快又装了回去，交给了祐太郎。

“算了，还是交给堂本奈奈美留个纪念吧。这样有问题吗？”

“应该没有问题。”

祐太郎从沙发上站起来，回到办公桌前。

“不过奈奈美想不想要这个啊。里面不是空了吗？我觉得没什么意义。”

“我们得到的委托是删除手机里的数据，而不是删除其他的数据。”

“其他？什么其他的数据？”

他接过圭司上下摇晃了几下的手机，把它从翻盖套里拿了出来。只见手机背面贴了一张大头贴，那是没有把眼睛变大，也没有把皮肤变光滑的，两个人原原本本的样子。她们既不是“小奈美”，也不是“另一个波多野爱莉”，而是相貌平平的中学生，以及目光暗沉的二十几岁女性。

“为什么要用这样的脸拍大头贴啊。”祐太郎忍不住笑了，“来点笑容不是更好看吗？”

“因为那两个人就是这样吧。”圭司说。

“是吗？也对啊。”

祐太郎把手机装回去，塞进飞行员夹克的口袋里。

“我去去就回。”

“嗯。”

圭司点点头，祐太郎离开了事务所，准备回到那座雨中的出租屋。

Chasing Shadows 追逐阴影 _

1

祐太郎来到公园，看到了一对正准备回家的母子。他扫了一眼广场，拿出了手机。时间是下午三点五十分，没有来电记录。他把手机放回飞行员夹克的口袋里，走到附近的长椅上落座。眼前走过了一家人，父亲、母亲，还有大约在上小学三年级的哥哥，以及貌似比他小两岁的妹妹。哥哥手上抱着一个足球，妹妹手上则是一个飞盘。今天一早气温就开始回升，是个舒适的暖阳冬日。四个人路过之后，祐太郎仿佛闻到了他们度过的一天。那是阳光洒落在草地上的气味。

对面走过来一个身穿灰色外套的男人。祐太郎认出那是他父亲，便站了起来。他瘦了一些，法令纹深了很多，眉毛里夹杂的白色也变多了。将这些看在眼里，祐太郎露出了笑容。他感觉这个笑容有点勉强，不过事到如今重新笑一个又有点奇怪。

“哦，你已经来了？”

“嗯。”父亲点点头，做了个回头的动作，“我坐在那边。”

“不好意思，我没发现。”

父亲跟他面对面站着。两人对视的时间十分短暂。先移开目光的父亲坐在长椅上，祐太郎也坐到了他旁边。

“好久没来这里了。”祐太郎看着广场说，“过去经常来呢。”

曾经，祐太郎一家就住在离这座公园只有五分钟脚程的地方。父母离婚后，祐太郎住到了在根津的奶奶家。后来，他的父母分别在不同的地方组建了新家庭。他们曾经住过的地方，现在又住着什么人呢？祐太郎无从得知。

“嗯，是啊。”

父亲的声音听起来有点尴尬。祐太郎并不想让他有这样的想法，就打算换个话题，然而实在想不到合适的家常话，于是他直接进入了主题。

“突然联系你真是不好意思。我是想跟你好好商量墓地的事情。”

“墓地？”

“啊，不是那个意思。我是说真柴家的。”

“哦，我们家的墓地啊。”

“昨天我去扫墓了。你好久没去了吧？”

虽然并没有比旁边墓地荒凉多少，不过除了他以外，并没有别人打扫过的痕迹。

“啊，嗯，也对啊。我有段时间没去了。”

父亲的声音里又透出了歉意，可祐太郎并没有责备他的意思。

“要是你没意见，我就自己来料理，不过那好歹也是真柴家的墓地嘛。所以我觉得，应该先问清楚你的打算。”

今后交给他现在的家人真的没问题吗？父亲想必看出了祐太郎的这种不安，便点了点头。

“知道了，我会想想怎么照料我家的墓地。要是你想去看看奶奶，就直接去吧。”

“我家的墓地”，这个说法让祐太郎心里一颤。

他瞥了一眼父亲，父亲并没有看向他。

“铃的墓地我会好好照看。”他把目光转向前方说道，“要是你想去看她，随时都可以过去。”

“我明白了。”隔了一会儿，父亲点点头说。

“工作怎么样？”祐太郎问，“还算顺利吧？”

“因为是高龄新人，当初给人家添了不少麻烦，最近已经好很多了。”

九年前，铃死后不久，父亲就被迫从以前的公司离职了。但一段时间后，他又被关联公司以堪称特殊待遇的条件招了过去。

“高龄新人？你不是如日中天的自由选手吗？”祐太郎笑着说。

父亲脸上浮现出尴尬的笑容。

就是这个。祐太郎苦涩地回忆起来。

刚才那句话，他也没有什么恶意。父亲想必也不认为这是在挖苦他。尽管如此，听话的人会在一瞬间不自觉地寻找话语背后的意义，而说话的人也会认为自己一句普通的话语被过度解读了。于是双方都会感到尴尬，随即沉默下来。双亲离婚前的那半年间，祐太郎家中几乎没有对话。因为彼此都不想伤害对方，所以只能终日生活在沉默中。

“妈妈怎么样？”

父亲问道。他并非想知道，只是感觉自己必须得问一句吧。

“我们偶尔会联系一下。”祐太郎说，“只停留在确认存活的频率。”

他险些说出了确认死亡，顿时有点好笑。他不禁想，父亲或母亲究竟要失去联络多久，他才会去确认死亡呢？他突然很想去人生删除事务所，那个意愿强烈得让他有些意外。就算圭司不在那里，他也想躺在沙发上，喝着咖啡，吃着巧克力，百无聊赖地打发时间。

“妈妈还好吧？”

“啊，嗯。好像挺不错的。”

“是吗？”

“因为这种事把你叫出来，真是对不起。”祐太郎说着，从长椅上站了起来，“我确实想跟你好好谈谈。”

“啊，嗯。”

父亲也跟着站了起来，祐太郎定定地看着他。

祐太郎感到，祖母名下那座房子的所有权转移、家中遗物的处理方式、真柴家的墓地管理，每解决完一件事，他跟这个人的缘分就会断开一些。最后，或许就只剩下铃的墓地了。然后到将来的某一天，这个人或许会把一切都托付给自己吧。

那样也好。

看着父亲无力的微笑，祐太郎很想这样对他说。

要是没有自己，父亲和母亲或许能更好地面对女儿的死。至少能够顺利恢复为结婚前的陌生人关系。但是因为自己的存在，两人都没有选择原谅。

所以，把一切交给我就好了。

祐太郎这样想。

把四个人一起生活的时光全部交给我，然后转身离开吧。只要在沉浸于回忆时回头看看就好，因为我会一直守在这里。

可是，他当然说不出那种话来。

“那再见了。”祐太郎开朗地举起了手。

“嗯，你保重。”父亲也笨拙地笑着，朝他挥了挥手。

第二天早晨，祐太郎来到事务所，一进门就听到了圭司不高兴的声音。

“太慢了。”

“嗯……啊？这不跟平时一样吗？”

“就是跟平时一样，所以太慢了。你以为工作时间是几点开始？”

“哦，我感觉只要趁上午来到这里就没啥问题了。”

圭司正要反击，却发现祐太郎的表情，于是皱起了眉。

“有什么好笑的？”

“没什么，不好笑。”

圭司正要追问，突然感到麻烦，遂摆了摆手，把“鼹鼠”的屏幕转向祐太郎。

“过来干活儿，来信号了。”

“委托人是什么人？”

他边说边把飞行员夹克脱下来扔到沙发上。

“室田和久，六十二岁。设定一个月没有操作电脑，就删除上面的文件。然而那台电脑我连不上。”

“一个月，这也太长了吧。”

“可能是平时不怎么用的电脑。你先去确认下死亡情况。”

祐太郎走到办公桌前，看向“鼹鼠”的屏幕。那上面写着“室田和久”这个名字，紧急联络电话里填写了手机号码。他拿起手机拨打那个号码。

“你好。”

那边接了电话，但没有自报姓名。从声音来判断，接电话的人比委托人年轻很多，但他不是十分确定。于是祐太郎用推销员的语气说了起来。

“啊，这是室田先生的电话没错吧？我是上回介绍过茅场町公寓的人。”

“茅场町公寓？”

“我不是给您送了资料，您说想用来投资吗？……啊，不好意思，请问您是本人吗？声音好像有点模糊。”

如果是本人，只需要说明情况把电话挂断就好，但结果并非如此。

“我老爸……”对方说到一半，又换了个说法，“室田和久已经去世了。公寓的事情我没有听他说过，所以不太清楚。”

祐太郎感觉对方要直接挂掉电话，慌忙提高了音量。

“啊？去世了？”

他看了一眼圭司，把手机切换到扬声器通话，放到了桌子上。

“我都不知道这件事，真是太失礼了。请问他是什么时候去世的？”

“已经快两周了。你知道什么叫急性主动脉夹层吧？因为事情发生得非常突然，我们一家人都吓了一跳。”

室田和久六十二岁，那他的孩子再怎么年轻也有二十岁过半了。祐太郎心算了一下，不过此人的应答方式按那个年龄来说有点幼稚了。

“那真是太遗憾了。如果不打扰的话，我可以去上一炷香吗？”

“啊，那个……”对方回答得有点含糊，恐怕不希望他来访吧，“最近医院那边好像要举行追悼会，请你去那里吧。”

祐太郎有点疑惑，医院还会为去世的患者举行追悼会？他看了一眼圭司，只见圭司也露出了奇怪的表情。于是他试着问了一句。

“请问，医院是……”

“哦，也对啊，那个不能叫医院。”

回答他的声音里带着苦笑。

“是诊所，我老爸担任理事的大越美容诊所。你去问问那边吧？”

那人说完，没等祐太郎开口，就用一句“那先这样”挂掉了电话。

“看来这个差事有点麻烦啊。”圭司说着，开始操作台式电脑。

“一般来讲，电脑要么放在家里，要么放在工作的地方吧。”

“没错，这就是他工作的地方。”

祐太郎绕过办公桌，凑到圭司旁边看向屏幕。那是“大越美容诊所”的主页。诊所总部设在新宿，并在东京都内和神奈川、千叶等地开设了六家分部。以淡粉色为基调的页面上，跳跃着“双眼皮”“抽脂”“拉皮”“丰胸”等文字。

圭司点击了“诊所介绍”的页面。上面有年轻院长跟理事长室田和久的照片。院长大越胜面容瘦削，只有一身鲜艳的西装特别打眼，而室田理事长则有着一头成熟的灰发，散发着绅士风采。在讲述美容整形的社会和心理益处的对谈文章底下，还列出了两个人的履历。

“原来他在相和医科大学当过教授啊。”

圭司看了一眼履历，这样说道。

“他怎么跑到这种地方来当理事了？”

“……相和医大？”

祐太郎咕哝了一声，圭司抬起头。

“怎么了？”

“啊，不是，没什么。一个在医大当过教授的人到诊所当理事很奇怪吗？”

“一旦成为医大教授，基本都能当到退休。委托人今年六十二岁，三年前成为理事。我不知道相和医大的退休年龄是多少岁，不过肯定不会早于六十岁。他还没到退休年龄就辞去了医大教授的工作，到美容诊所就任理事长，这虽然谈不上很奇怪，但多少有点不自然。更何况那还是有名的相和医大。一般人肯定会在里面待到退休吧。”

“是不是被人花大价钱挖走了？这种地方都很赚钱吧？”

“对诊所来说，让他以相和医大教授的身份直接成为理事长更有好处。很难想象他们会专门把他挖走。”

“是吗？”

“我们在这里猜测他跳槽的原因毫无意义，问题是电脑在哪里。”

“他们有可能在整理去世的理事长的办公桌时，把电脑给收起来了。要不我找诊所问问？”

“问问？你要怎么问？”

祐太郎想了想。

“你们那边的电脑疑似感染了病毒，为了确定感染源，请让所有电脑上线。怎么样？”

“你是什么人，能说那种话？”

“啊……是什么人好呢，提供电脑服务的公司？”

这回换成圭司想了想。

“这种规模的诊所很可能会把系统管理外包出去。不过如果换成是你，接了电话会照做吗？”

“不就是把电脑打开，连上网络吗？那只是弄成一般能够使用的状态而已吧？我觉得应该会做。”

“原来如此，是这样吗？”圭司点点头，从抽屉里拿出U盘插进台式电脑，“那就让他们感染一下吧。”

“啊？”

“这样更有说服力。”

“啊，不是，话虽如此，可你还能做到这种事？”

圭司正要转向键盘，闻言抬起头来，不可思议地看着祐太郎。

“哦，能做到是吧？”

“如果按照你的脚本来演，反正到最后都要查清楚是哪家公司负责他们的系统管理。顺便罢了。”

圭司若无其事地说完，就转身敲起了键盘。屏幕上出现两个视窗，上面自动涌出了字符。然后圭司不再敲击键盘，而是坐在旁边看着，不时挪动一下鼠标。不一会儿，其中一个视窗关闭了，另一个视窗跳出来，上面又涌出字符。与此同时，又有一个视窗开启，同样流出了文字。祐太郎能想象那是好几个程序正在共同完成一项作业，但是他并不知道每个程序具体在干什么，而且就算问了，他也理解不了。圭司斜眼看着屏幕上的情况，又在另一个屏幕上开始查找“大越美容诊所”的信息。祐太郎对那个应该能理解一些，于是他问道：

“你在干什么呢？”

“我在查东西，好把病毒伪装成电邮发给他们。你在那边等一会儿，马上结束了。”

被圭司打发了一句,祐太郎走到沙发上坐了下来。不巧的是，旁边既没有杂志，也没有报纸，他实在无所事事，突然冒出了一个主意。

“下次我能把老玉带来吗？”

圭司没有回答。

“老玉，我家猫。”祐太郎重复道。

圭司朝他瞥了一眼，重新看向屏幕。

“为什么？”

“不为什么，就是觉得它在这儿应该很好玩儿。我也想把它介绍给圭。而且，没工作的时候圭还能打打电脑，我就啥事都做不了。”

“你要带猫过来解闷？麻烦你对工作和猫都有点尊重好吗？”

“啊，还有这回事。嗯，你说得对。”

祐太郎又无所事事地等了一会儿，发现圭司抬起了头。

“可以了。”

“什么可以了？”

“你可以给诊所打电话了。他们的电脑应该全部染上了病毒。”

“啊？这么快？”

“其实那只是个不断自我增殖，并不会干坏事的程序，不过使用诊所的安全软件来扫描，应该会被识别为蠕虫。”

“蠕虫是指病毒？嗯？你让一个能被安全软件识别为病毒的病毒，感染了安装那个安全软件的电脑？欸？你还能做这种事？”

“这东西解释起来很简单，不过要让你理解就很难了。你想听吗？”

“啊，不，算了。”

“这就是负责为诊所进行系统管理的公司。”

圭司把一个屏幕转向祐太郎。他从沙发上站起来，回到办公桌前。屏幕上显示着专为办公室提供IT环境构筑和管理的“IT工程公司”的主页。

“还是圭来打电话吧？你比较熟悉这个。”

“我没有你这么擅长说谎，演技也不如你。”

圭司说完,脸上露出了苦涩的笑容。那是祐太郎从没见过的，混合着苦笑和自嘲的表情。他仿佛在为别的事情而笑。

“是吗？好吧。”

祐太郎把手机放到桌子上，打开扬声器，拨通了诊所号码。前台把电话转给了办公室负责人。他本来打算一遭到怀疑就把电话推给圭司，然而负责人按照祐太郎的话检查了电脑病毒，又慌忙回来请求帮助了。

“好像是感染了。要怎么办……那个，要不我把所有电脑都关掉？不行，现在还在上班，不能关掉。”

“没有那个必要。您那边检测到病毒时，我们就已经采取措施了。现在那个病毒不会对电脑造成任何影响，但我们还是要确定感染源，所以能请您把诊所内的所有电脑都联网吗？”

“诊所内所有电脑已经联网了。”

“那可奇怪了。现在我们的员工正在操作，但是找不到感染源，而且这个病毒的感染时间好像是在一个月前。请问你们有没有电脑在这段时间里断网了？”

“一个月前的话……啊，是理事长那台。有的，我们确实有一台电脑在那段时间里断网了。”

“那麻烦您把它重新联网吧。”

“啊，等等。那台笔记本电脑是我们不久前去世的理事长的私人物品，已经不在这边了。”

圭司迅速敲击键盘，屏幕上出现了一串文字：你们让私人电脑联网了吗！

“你们让私人电脑联网了吗？”祐太郎提高了音量。

“真对不起，这在安全方面确实有问题，可那毕竟是理事长啊。”

圭司又敲起了键盘：叹气。

祐太郎叹了口气。圭司朝他赞许地点了点头。

“那么，那台电脑现在放在理事长家里吗？”

“啊，是的。理事长的私人物品都被他儿子领走了，而且我听说他那个儿子还是单身，跟理事长夫妇住在一起，所以电脑应该也在那里。”

“是吗？”

“那个，我要怎么做……”

“那台电脑应该就是感染源了。只不过这关系到已故的理事长的名誉，这次不如私下把这件事处理了吧？”

“您说私下是……”

“现在诊所内的电脑全都没有问题，如果您愿意把接下来的事情交给我们，那我们自然会处理好。”

对方似乎想了想，然后试探着说：

“这件事能不让我们院长知道吗？”

“可以。”

“那太好了。”

负责人长出一口气，丝毫没有怀疑，直接报上了室田和久的住址和电话号码。

“在吉祥寺，我去跑一趟。”挂掉电话后，祐太郎说，“可以继续用这个借口吗？”

“那要看对方了。如果那人很熟悉电子设备，你演技再怎么好也有个极限。”

“嗯……那该怎么办？”

圭司想了想，拿起桌上的电话咕哝了一句“问问本人吧”，然后拨打了室田和久家中的电话。没过多久，电话就接通了。

“您好，这边是承接了‘大越美容诊所’IT 系统安保的‘IT 工程公司’……”说到这里，圭司哽住了。连祐太郎都能看出来他是在犹豫用假名还是真名。

“……鄙姓佐藤。”

听到如此平凡的假名，祐太郎险些笑出声来。不过圭司只在这里哽住了一次，接下来就流利地说明了诊所系统感染病毒的情况，并跟对方约好了调查室田和久的电脑。

“那我这边马上派人过去……好的，感谢您的配合。就这样，待会儿见。告辞。”

说了大约五分钟，圭司挂掉电话，祐太郎马上鼓起掌来。

“你说谎和演戏都很在行啊。”

“不过是模仿你罢了。”圭司不高兴地回答。

“接电话的人是他儿子？”

“嗯，而且对电子方面一窍不通。他家里好像有无线网，所以你只要当场打开电源连上网络，假装检查里面的东西就好。我会远程进行删除。”

“知道了。啊，我就穿这样过去？”

“你是个 IT 企业的技术员，穿这身没什么问题。背包可能不太行，你带那个皮包过去吧。”

圭司朝放在事务所角落里的皮革公文包努了努嘴。

“保险起见，你把装有远程操作程序的 U 盘也带上。名片我这就给你做。”

委托人室田和久的家位于距吉祥寺车站十五分钟脚程的安静住宅区。这座房子虽然称不上宅邸，但也有个能够宽松停下一辆车的小院子，充满了和式风情。

“您好，我是‘IT 工程公司’的人。”

祐太郎一边注意不用第一次给他打电话时那种推销员的语气，一边对门禁对讲机报上了来意。玄关门很快打开，一个体形圆润的男人热情地欢迎了他。

“哦哦，你好，你好。”

他穿着一套黑色运动服，披着一件御寒的袄子。看起来很硬的头发睡得翘了起来，还有一脸胡楂儿。

“我叫真柴，感谢您的合作。”

他递出了圭司给他做的假名片。男人目光一落到名片上，表情就变阴郁了。

“真柴先生吗？”

男人接过名片仔仔细细地看了起来。祐太郎心里有点慌，担心他是不是起疑了。

“那个，刚才我们那边的负责人佐藤给您打过电话……”

“啊啊，是的。就是电脑的事情对吧。我知道，我知道。请跟我来。”

“室田老先生才过世没多久，真是抱歉。”

“没什么，没什么。”

祐太郎脱鞋进门的时候，男人主动做了自我介绍。

“哦，我是他儿子，叫一郎。人如其名，就是第一号样品。只是很不凑巧，二郎和三郎都没有生出来。”

室田一郎说完，自己先笑了起来。祐太郎在电话里也感觉到了，此人有着与年龄不符的幼稚。

“啊，家里没拖鞋，真不好意思。请进吧，电脑在二楼。”

祐太郎跟在一郎后面走上了台阶。

“那个，今天不打扰您工作吧？”

“我的工作就是做家务，这里就是工作地点。”

“哦，做家务。”祐太郎点点头，“在自己家，原来如此。”

除此之外，他真的不知该说什么好。

“因为我是个失败的第一号样品。老爸老妈之前想尽办法要把我弄进医学院，可是都不成功。等我过了二十五岁，他们好像终于放弃了。这两年来，他们夫妻俩都尽量看开了生活。我也觉得很对不起他们，只可惜是真的没有那种才能啊。”

说完，他又“啊哈哈”地笑了起来。

祐太郎不知该如何反应，只能含糊地应了一声，点了点头。

他被领到了二楼三个房间的其中之一。这里应该是室田和久的书房，里面有张大书桌，墙边摆着书架。可是，书桌和书架上都空荡荡的，房间里还有好几个敞着口的纸箱。

“我刚好在整理，准备拿这间房给自己用。啊，请坐吧。”

一郎边说边找到书桌旁的一个纸箱，从里面拿出了笔记本电脑和电源线。他还把电脑放到桌上，把电源插进了插座。

“那我失礼了。”

祐太郎在一郎推给他的椅子上坐下，打开了笔记本电脑，按下电源键。浏览器跳出来，并提示他输入密码。

“啊，我不知道密码是多少。”

一郎站在祐太郎背后看到那个画面，这样说道。

“哦，没什么，我先打个电话问问。”

祐太郎拿出手机拨打电话，圭司很快就接了。

“啊，佐藤先生？辛苦了，我是真柴。刚才我打开了室田先生的电脑，你那边能看到吗？”

“看不到啊。”主司回答道。

“嗯，那是怎么回事？”

“证明委托人安装了我们那个程序的电脑，不是你刚才打开的电脑。他委托删除的资料不在那台电脑里面。”

“哦，原来如此。”祐太郎说，“那样一来，我在现场应该怎么操作？”

“找到委托人使用的其他电脑，链接到网络上。”

“那要按照什么顺序……”

祐太郎听到响动转头一看，发现一郎没什么事做，便把书桌旁边的柜子打开，查看了里面的东西之后，开始往纸箱里分装。

“我想先看看那台电脑里的东西，说不定能弄清楚另一台电脑的位置。你把我给你的U盘插进去，要是不行就只能问问家属了。”

“我明白了，那么过后再向你汇报。”

祐太郎挂掉电话，从公文包里拿出U盘，插进了电脑里。随后，他转过椅子，对一郎说：

“不好意思，能麻烦您把室田老先生用的另一台电脑也拿给我看看吗？我正在清除这台电脑上的病毒，但它好像不是直接感染源。室田老先生另外那台电脑可能才是感染源，而他在转移资料的时候，可能就感染了这台电脑。”

“另一台电脑？不，老爸用的电脑只有这台。”

数据不在这唯一的电脑里，那到底在哪里呢？祐太郎想了想，一点主意都没有。委托人室田和久的信息实在太少了。

“室田老先生没有在其他地方用过电脑吗？”

“老爸的生活就是自己家和诊所的两点一线。我觉得他应该不会在别的地方使用电脑。毕竟他跟我不一样，不会到网咖去。”

一郎说完又补充道：“啊，我很喜欢网咖，比在家里放松多了。”然后哈哈笑了起来。

“应该不会去网咖吧。”祐太郎讨好地笑了笑，然后问道，“请问，令堂……室田老先生的夫人在哪里？”

一郎看起来虽不是坏人，但也不怎么靠得住。如果电脑里保存着对委托人来说意义重大的数据，那他确实可能不对儿子说，但多半会对妻子说。

“老妈在跑银行、证券公司、司法代书人和税务师。毕竟事情发生得太突然，处理起来好像特别麻烦。”

他仿佛把这当成了别人的事情，说完又哈哈笑了几声。看来他丝毫没有考虑到母亲失去丈夫的痛苦。搞不好是他母亲命令他留下来看家，因为知道与其交给儿子，还不如自己行动更可靠。

“你问老妈应该也一样，要等她回来吗？”

“哦，这个嘛……”祐太郎歪头想了想。对方说得如此明确，他也很难说留下来等了，“您真的不知道您父亲有没有其他可能使用的电脑了？”

“他应该没那种东西才对。”

“是吗？”

看来再问也不会有什么收获，只能期待圭司能从这台电脑里找到什么有用的信息了。

祐太郎不再提问，一郎又回去整理柜子了。他不知道该把U盘插在里面多久，遂决定假装操作电脑，再争取一些时间。

“怎么还有这种东西……”

祐太郎闻声转过去，发现一郎正把一张ID卡往脖子上挂。发现祐太郎的视线，一郎笑了笑。

“这是医大附属医院的ID卡。没想到老爸还留着这种东西，是不是舍不得啊。”

一郎看了看ID卡，把挂绳从脖子上取下来，收进了一个纸箱里。

“哦，原来老先生还在附属医院工作过啊。”

“对，他在医院待的时间应该比在大学长吧。而且他给人感觉更像个医生，而不是教授。”

“您父亲为什么会辞去医大的职位成为诊所理事长呢？”

祐太郎心想，就算问不到电脑的下落，也能问点别的事情出来。

“哦，你是问他为什么被大学辞退了吗？”一郎直白地反问。

“啊？是辞退吗？”

“三年前，相和医大附属医院发生了信息泄露事件。附属医院的电脑好像感染了病毒，导致信息泄露，闹出了很大麻烦。

不仅是职员的个人信息和医院财务信息被泄露，连患者信息都被泄露出去了。医院对外宣称是因为黑客恶意入侵，那虽然也不算说谎，但真实情况好像是内部人员在医院电脑上安装了奇怪的程序。而安装程序的人就是我老爸。”

“原来是这样啊。”

“老爸本人当然是否认了。可是医院组织专门队伍进行调查，结果证实就是他。或许他在自己都不知情的情况下做了奇怪的操作吧。结果那家医院现在对电子信息制定了特别严格的安全对策。这次的病毒也是因为老爸，对吧？看来老爸跟电脑真是很不对路。”

祐太郎不能说这次是骗人的，所以只能含糊地笑着回答：“可能真有这种事啊。”

“后来老爸被追究责任，就递交了辞呈。虽然在形式上是主动离职，但实际上就是炒鱿鱼。可能大学也觉得他有点可怜吧，就给他介绍了毕业生开的诊所去再就业。”

“哦哦，原来是这样啊。”

祐太郎觉得自己应该争取了足够时间，就把U盘拔掉，站了起来。

“啊，结束了？”

“是的，这台电脑已经可以用了。”

“不过没有密码也用不了啊。辛苦你了。”

他跟一郎走出房间，下了楼梯，在门口穿上运动鞋，然后转身对一郎行了个礼。

“今天真是太感谢您了。要是您想起任何有关另一台电脑的事情，还请您拨打名片上的电话号码联系我。”

“哦，好的。”

一郎从袄子口袋里拿出祐太郎给他的名片，又仔仔细细地看了起来。随后，他歪头，想了想，看着祐太郎说：

“那个，真柴先生该不会认识我老爸吧？”

“啊？哦，我只知道他是我们的客户‘大越美容诊所’的理事长，并没有真正见过面。”

“也对啊，真不好意思。我感觉你好像对老爸有点好奇。”

本以为一郎很迟钝的祐太郎不禁感到一阵冷汗冒了出来。然而一郎并没有在意他的样子，而是看着名片继续道：

“而且真柴这个姓，跟我们还有点渊源。”

“是吗？”

“嗯，是啊。”一郎又抬起头来，看着他浅笑一下，“大约一年前吧，家里来了个电话说要找老爸。当时他不在家，是我接的电话，可我却把对方名字给忘了。你别说，我记忆力还挺好的。可是当时明明问了对方的名字，我就是想不起来了。我知道第一个音应该是‘ma’，既不是前田（maeda），也不是前岛（maejima）。老爸听了这话，问我是不是真柴（masiba）。被他这么一说，我还真觉得就是了。至少感觉比前田或前岛更接近。于是老爸就气得大喊，什么叫感觉是！还给了我一耳光。我大吃一惊，因为老爸从来没打过我。后来他也有点尴尬，对我道了歉。之后发现打电话的人原来叫真岛（majima）。不过当时老爸对我千叮万嘱，要是接到真柴打来的电话，绝对要转给他。我就问他真柴是什么人，他说跟你没关系。”

“后来有真柴给他打电话吗？”

“没有。话说回来，那到底是怎么回事啊？我半开玩笑地问老爸对方是不是女人，老爸却说可能是男的，也可能是女的。”

“令尊也不知道对方是男是女吗？”

“是吧？很奇怪吧？他就只知道真柴这个姓，连性别都不知道，却等着对方给他打电话。”

不对，一郎说到这里，摇了摇头。

“那不能叫等，更像是害怕啊。”

“害怕？”

“仔细想想，老爸已经死了，我就再也问不到那件事的真相了啊。人啊，就算再怎么平凡，一旦死掉了，还是会留下一些谜团啊。”

祐太郎几乎没听进去一郎的话。

“令尊是整形外科的医生对吧？”

“啊，不是。你别看他当上了诊所的理事，其实既不看诊，也不做手术，就是个摆设罢了。老爸原本的部门是……”

“……心内科？”

“没错，他是心内科的科长。欸？你好清楚啊。”

“哦，不是，我猜的。”

“啊？猜的……”

“打扰了，我先告辞了。”

祐太郎再次对一郎行礼，接着便离开了。他快步走向车站，同时不由自主地喃喃道：

“都这种时候了，干什么啊。”

他只顾埋头移动着双腿，快步不知何时变成了奔跑。在道路凸起处绊了一下，祐太郎才停下脚步，双手撑在膝上，对着脚下的柏油路面大吼道：

“都这种时候了，干什么啊！”

回到事务所，祐太郎笔直走向圭司的办公桌。他知道自己表情很僵硬，可是毫无办法。

“室田和久的数据找到了吗？难道……你应该还没删除吧？另一台电脑在哪里？”

圭司虽然愣了一下，还是平静地对上了祐太郎凶狠的目光。

“怎么了？”

祐太郎看不惯他那么平静的样子，两手拍在了桌子上。

“电脑，在哪里？”

圭司打开“鼹鼠”，开始操作键盘和触摸板。

“我查看了室田的电脑，并没有找到另一台电脑的线索。其他信息也不多，只感觉这人不怎么积极。他只跟一个高中时代的同学偶尔问候一下近况，内容也没什么特别。我在浏览器记录中找到了信用卡公司网站的账号和密码，并登录上去查看了信用卡使用记录，但没有发现值得注意的消费项目。此人应该不缺钱，可是记录上只有疑似偶尔跟夫人出门旅行的消费，除此之外并没有什么兴趣爱好。这种生活不像一个美容诊所的理事长，反倒更像弃世之人。”

“没有线索吗？”

“是的。”

圭司把“鼹鼠”转到祐太郎那边，仿佛在问他要不要自己看。祐太郎强忍住继续拍桌子的冲动，转身走开，几乎是跌倒在沙发上，闭上了眼睛。

“你要解释解释吗，还是我最好别问？”

听到圭司的声音，祐太郎用手盖住了眼睛。那个光景又在脑中浮现出来。

耀眼的阳光、夏日庭院、水管喷出的水、淡色彩虹。戴帽的少女回过头来，对他嫣然一笑，背后摇曳着盛开的向日葵。

祐太郎开口道：

“室田和久三年前被控诉让相和医大附属医院的电脑感染了病毒，因此遭到大学辞退。在此之前，他一直是附属医院的医生。”

圭司哼了一声。

“然后呢？”

“他在美容诊所只是做摆设用的理事长，本来的专业是心内科。”

“既不是整形，也不是塑形，这的确让人有点意外。可那是你生气的理由吗？”

“九年前，相和医大附属医院有一名正在接受新药治验的患者死亡了。当时正好是国家推动新药研发、使其成为日本成长产业之一的时期，所以闹出了比较大的新闻。医院为此召开了记者发布会，宣布给死亡患者投用的并非新药，而是葡萄糖安慰剂，因此患者的死亡跟治验毫无关系。在公开给死者家属的数据中，也确实显示给那名患者投用的是葡萄糖。可是患者去世一段时间后，曾经负责她的年轻医生找到了家属，声称他怀疑是新药的副作用导致患者死亡。”

“医生说：‘我看了治验过程的数据，认为她很有可能使用了新药。请你们调查一下。家属应该会有办法。’”

那是个有点笨拙的男人。他的笨拙看起来有点像不成熟，也有点像诚恳。

“家属为了得到真相，决定对医院发起诉讼。从那一刻起，就有人横加阻挠了。”

“阻挠？”

“患者的父母开始接到不自然的联系，对方都是些很久没见面的熟人和完全没来往的亲戚。那些人打电话来，都说‘我看到新闻了’‘我听说了’，然后不知为何，竟异口同声地劝告他们撤销诉讼。说他们‘只是失去了正常判断的能力’‘死去的女儿也不希望你们这样做’‘对你们没有好处’。就算那些话里听不出什么不自然，可是那些人突然联系他们，使这件事本身就很不自然了。”

祐太郎听到轮椅的声音，知道是圭司离开办公桌往他这边靠近了。他闭着眼睛继续道：

“过了不久，网上开始流传奇怪的谣言，说以前上过新闻的那一家人试图通过告医院来发一笔横财。还说他们打算怪罪国家出台政策促进新药研发，要发起行政诉讼。”

“他们这是一心想靠死掉的女儿发财啊。”“又是一家吃人血馒头的人。”

祐太郎自己都目睹了无数充满恶意的评语。

“尽管如此，那家人还是继续准备诉讼。可是有一天，患者的父亲突然被长年工作的建筑公司劝退了。公司给出的理由他完全无法接受。当时有个工人在建筑作业时从高处坠落，受了重伤，于是劳动基准监督署怀疑公司没有实施安全对策，要求他们提交文件送检。患者父亲在公司内部遭到了问责。他明明不是现场监督，也不负责管理工人，可隶属于设计部门的患者父亲就是被问责了。当公司上层坚称设计部的工作也包括安全设计时，他真的是一句话都说不出来。”

圭司的轮椅声在祐太郎前面停了下来。

“上头好可怕啊。”

当时，他听到父亲这样说。

“上头？”还在上高中的祐太郎反问道。

“管辖劳动基准监督署的机构是厚生劳动省。现在致力于将新药研发发展为国家成长产业支柱的机构，也是厚生劳动省。”

“那是……”

“国家给公司施加了压力。要是我这么说，肯定所有人都说这是阴谋论，是被害妄想吧。”

“患者父亲拒绝了劝退，结果被调到完全不熟悉的业务岗位，还被安排了令人难以置信的业绩要求。为了完成工作，他再也没时间准备诉讼，最后父亲还是向公司递交了辞呈。尽管如此，那一家人还是决心奋战到底。可就在那时，最重要的证人，也就是当时负责那名患者的医生突然翻供了。他打来电话说：‘那只是我的误会。’从此再也没有出现在那家人面前。不久之后，连跟他们一起准备诉讼的律师，都开始劝告那家人撤销诉讼，说这场官司没有胜算。”

“而且还很花钱。数额难以想象。”

祐太郎至今还记得律师来到家里对双亲说那句话的光景。

“考虑到今后的生活，你们能撑下去吗？两位的孩子并不只有去世的千金一个人吧？”

律师说着，瞥了一眼祐太郎。当时祐太郎心想，这家伙究竟在害怕什么？

“等他们回过神来，周围已经没有一个同伴了。以前他们自认为了解的世界，仿佛成了完全陌生的世界。只有那一家人，突然被世界抛弃了。过去被逐出村落的家庭，肯定就是那种感觉吧。”

琐碎的事情还有很多很多。

有一次他们拿到收集站的垃圾，被撕破了撒在他们家门前。还有一次连续好几天接到号码不同的恶作剧电话。快递也给他们送过脑袋被砍掉的人偶。在此期间，依旧有长时间没有联系的熟人和平时没什么来往的亲戚不断打电话过来，说他们那些都是被害妄想、被害妄想、被害妄想……

“最后是主治医生的死。自从那通电话之后，他们就再也联系不上的年轻医生，直到有一天连人带车开进海里死了。”

据祐太郎所知，那个死亡到最后都没有搞清楚究竟是事故还是自杀，更加没有被当成案件进行调查。

“在此之前一直很积极，甚至有点病态，像着了魔一样准备诉讼的患者父母，突然就放弃了诉讼。他们被迫接受了别人宣称的事实，被迫认同了那不是医疗事故，而是女儿自己得病死了。”

以前的熟人和不怎么来往的亲戚一下就不再打电话来了。网络上的谣言瞬间就平息下来了。奇怪的恶作剧也戛然而止。父亲的公司竟给自己劝退的员工提出了令人难以置信的好条件，帮他介绍了新的公司。医院“私下”给了他们一大笔慰问金，祐太郎的家庭就这样安静地渐渐坍塌了。

“主持治验的科室就是相和医大附属医院的心内科。”

“而在治验中去世的人是……”

祐太郎睁开了眼睛。

“对，真柴铃。我妹妹。”

祐太郎和圭司都沉默了一会儿，两人似乎都沉浸在各自的思索中。先开口的人是圭司。

“你认为这次的委托人室田和久希望删除的，是关于那件事的资料吗？”

“室田和久很害怕接到叫真柴的人打来的电话。他儿子还说，他甚至不知道那个真柴是男是女，但我觉得不对。他并非不知道真柴是男是女，而是男女皆有可能。因为室田和久认为，我父母任何一方都有可能打电话给他。虽然我只认识那个死掉的主治医生，不过当时我父母在准备诉讼，应该也知道心内科负责人室田和久的姓名。室田和久对他儿子说那些话的时间大约是一年前，也就是我妹妹死后八年。过了这么久，室田和久还如此害怕，我觉得那肯定是医疗事故，并且有人隐瞒了这个事实。既然如此，就肯定存在证据才对。”

祐太郎一口气说完，又摇了摇头。

“啊，不对。如果那是对他和医大不利的数据，他肯定早就删除了。对不对？”

祐太郎躺着，看向圭司。

“我是不是变得很奇怪？因为奇怪的偶然跟室田和久搭上关系，现在还开始想这些毫无根据的事情了？这果然是被害妄想吧？圭，你觉得呢？”

圭司移动轮椅，从祐太郎身边经过，拾起地上的篮球拍了起来。砰，砰，砰，强有力的节奏在沉默中持续了一会儿，然后圭司开口了。

“确实，一直保留对自己不利的数据不删除，这显得很不自然。如果你妹妹的死真的是医疗事故，而有人想隐瞒这个事实，那相关数据肯定马上就会遭到删除。”

圭司用力运着球说。

“就是啊。”祐太郎点点头。

砰砰的节奏停了下来。

“可是，如果那是有利的数据呢？”

“啊？”

圭司把球放在腿上，将轮椅转向祐太郎。

“新药治验中，有患者因为副作用而死亡。可是，新药研发已经耗费了巨额资金，对制药公司来说，当然无论如何都要让它商品化。医院收到了制药公司一大笔捐助，顺从公司的意图隐瞒了医疗事故。可是，虽然只牺牲了一个人，他们也不能把吃死过人的药直接拿来卖，所以新药必须要进行改良。死亡患者的数据对新药改良来说不可或缺，所以他们不得不留下来。”

“就算想删除也删除不了？”祐太郎撑起身子，“那倒是有可能啊。”

“相和医大附属医院和制药公司一直秘密保存了你妹妹的资料。室田和久在因为别的事情遭到辞退时,偷偷带出了那些资料。然后他跟医大做了交易，让医大给他准备一个与教授职位相当的位置。医大遭到室田和久的威胁，便找到事业有成的毕业生，为室田和久准备了诊所理事长的位置。著名医大的前教授要来当理事长，这对诊所来说也不算坏事。除此之外，医大和附属医院恐怕也给他提供了不少方便。”

“如果像你说的那样,室田和久就绝对不会删除那些数据啊，因为那是保护自己地位的武器。”

“没错,而且他肯定也不希望自己死后让别人发现那些资料，因为那同时也是他作恶的证据。”

这仅仅是说得通，并没有任何证据能够佐证。但尽管如此，祐太郎还是觉得这就是真相。至少比他们被迫接受的“患者自己病死”更贴近真相。

他感到身体的核心在震颤，便紧紧咬住了牙关。

“如果那是真的，就太自私了。一个初中女生都死了，他们却这么自私。”

“怎么办？”

“我要找到那个数据，然后公开。我要证明当时到底发生了什么，把参与其中的人都曝光出来。”

九年前，祐太郎确实感到了有人在黑暗中盯着他们。是接受美丽的谎言，还是选择布满荆棘的道路？藏身黑暗中的丑陋怪物时刻在屏息静气地看着他们一家人。他们之所以会认输，既不是因为美丽谎言的诱惑，也不是因为荆棘之路的坎坷，而是那个时刻盯着他们的怪物带来的恐惧。现在，祐太郎产生了这种感觉。他们是否无法正视那种丑恶，所以才选择了转身呢？不管怎么说，铃都不会再活过来了。这就是他们选择逃避的借口。

“这件事九年前就该做了，而这次我一定要做成。如果圭要遵照委托删除数据，我就……”

“别傻了。”

圭司气愤地哼了一声，拿起篮球用力砸向祐太郎。

“我们要找到数据。”

“谢谢你。”

祐太郎把球往沙发上一扔，站了起来。圭司又哼了一声，转动了轮椅。

“室田的另一台电脑在什么地方？”

祐太郎跟在圭司后面，来到办公桌前。

“现在我们想找也无处可找。不过，我们已经不需要从电脑上删除数据了。我们只想得到数据而已。”

“可是那不也得把电脑找到吗？”

“不，如果事情真的像我们猜测那样，那么数据不仅存在于室田的另一台电脑中，应该还存在于相和医大附属医院那边。”

“那我们只要进入医院的系统……”

“没错。只是，患者的数据被施加了重重保护，就算能黑进系统，想把资料全部拿走恐怕也会很困难。所以，我想知道你妹妹的资料被分类在什么项目，保存在资料库的什么位置。”

圭司操作起键盘和鼠标，把台式机的屏幕转向祐太郎。

“你去打探一下。”

“山下和巳？”祐太郎看了一眼屏幕说。

“他是相和医大附属医院心内科的领导，三年前上任，所以应该是室田和久的后继者。既然主持治验的是心内科，那资料有可能会交接到这人手上。”

“他会见我吗？”

“当然会，毕竟上一任心内科的科长去世了，他儿子上门来打招呼，这肯定要见一面，对不对？”

祐太郎等在附属医院员工出入口附近，身穿白大褂的山下和巳迟到了五分钟。

“你就是室田一郎先生吧？”

他个子很高。祐太郎看过他的资料，知道这人今年五十二岁，要是不知道，恐怕会以为他不到五十吧。他的笑声很爽朗。

“啊，是的。”祐太郎行了个礼，“父亲生前承蒙医院照顾了，我今天打算来打声招呼……”

“你太生分了。”山下笑了起来，很快又说，“啊，这可不是该笑的时候。”然后收起了笑容，对祐太郎行了一礼，“您节哀顺变。”

“谢谢。”祐太郎也回了一礼。

“不过话是这么说，我跟令尊却几乎没见过面，说这种话总显得有些做作。既然你来了，就上去坐坐吧。”

说完，山下便打开了刚才他走出来的那扇门。

“上去？”

“心内科的科长室。在我之前，那是令尊一直在用的房间。上去喝杯咖啡吧。”

“啊，好。”

祐太郎含糊地点了点头，山下也点点头，转身走进了医院。他跟了上去。

医院里有许多患者和医护人员。祐太郎配合山下的步调，快步向前走着。这是他陪妹妹来过很多次的医院，里面的样子虽然没怎么变，不过跟山下走在一起，却让他感到自己走在一个完全陌生的地方。跟他擦肩而过的患者和家属都会低调地看过来，偶尔还会微微点头，甚至有人深深表示感谢。山下仿佛都看不到那些，丝毫没有放慢脚步。此时祐太郎意识到，即使身在同一个地方，患者及其家属看到的光景，与医生看到的光景也截然不同。

两人乘上电梯来到三楼，这里比一楼清静一些，几个在前台排队的患者对山下打了招呼，山下依旧视若无睹，大步向前走着。

两人来到走廊深处,山下停在了写着“员工办公室”的门前。

“你来过这里吗？”

“啊，我没来过。”

“哦，这样啊。”

山下点点头，拿起挂在脖子上的ID卡，贴到门边的机器上。机器的指示灯由红转绿，山下推开了门。

“欢迎来到心内科。”

穿过一扇门，里面就不再是“医院”，而是“职场”了。办公室里摆着四张桌子，都是很普通的不锈钢款式，不过比一般公司的办公桌略大。有的桌子干净整洁，也有的桌子杂乱不堪。只有一个穿白大褂的男性坐在座位上，向山下投来询问的目光。

“哦，这位是室田老师的公子。”

“室田教授的……哦哦。”

男人点点头，朝祐太郎行了一礼。

既没有“节哀顺变”，也没有“你好”，他不明白这个人到底是为何朝他行礼。做完那个动作后，那人就再也没有看祐太郎了。

“这边请。”

祐太郎转过头，看见山下推开了里屋的门。

“啊，好的。”

门上贴着“科长室”的牌子。走到屋里，迎面是一套朴素的客用沙发，里面是一张“L”字形的木制办公桌。

“请坐吧。”

祐太郎在沙发上坐了下来，将手上提的公文包放在腿上。他偷瞥了一眼，看见办公桌上有一台笔记本电脑，不过要把公文包里的U盘插上去，现在可能有点困难。另外，他更在意被挡在饮水机后面，位于房间一角的另一张小桌子。桌上那个被罩起来的东西好像是台式机显示器。

“你家情况怎么样？”山下坐在对面，问了一句。

“啊？”

“室田老师是两周前去世的吧？家里情况有所平静了吗。”

“啊，是的。事情确实有点多，要跑银行啊，证券公司啊，还要去找司法代书人和税务师。”

“哦，是吗？”山下点点头。

他并不熟悉山下这个人，所以不知道该如何把话题继续下去。从他之前的表现来看，与其拐弯抹角，不如开门见山地说话应该更容易得到回应。

“家父也在这里工作过吗？”

“对，直到三年前。我记得他不到五十岁就成了科长，所以应该在这里工作了十年左右。”

“这样啊。”

他假装感慨地看了看房间，然后不着痕迹地切入主题。

“对了，山下医生，您认识一个叫真柴的人吗？”

他本以为自己打了对方一个措手不及，可是山下的表情并无变化。

“真柴？”

“父亲生前一直很在意这个人，还特别严肃地对我说，要是有姓这个的人打电话来，一定要转给他。可是他无论如何都不愿意告诉我那是什么人，现在父亲去世了，我也没机会问了，反倒更好奇那是什么人了。”

“这个嘛，我之前一直待在别的医院，只在跟令尊交接的时候说过几句话，所以他私人的事情我不是很了解啊。”

“我觉得那应该不是私人的事，否则我母亲应该清楚。我觉得应该是与医院或工作上相关的人。”

“大学和医院好像都没有姓真柴的人。”

“会不会是患者啊？”

“那有可能吧，不过我也不太清楚。室田老师当科长的时候会跟患者私下有接触吗？应该没有吧。”

山下认真地思考起来，看起来不像说谎。

“是吗？”

就算他不知道妹妹的名字，也不代表没有交接到相关资料。在那些资料中，“真柴铃”可能是最不起眼的资料之一。它极有可能被伪装成了“某患者”的资料，被秘密交接了。

祐太郎又提了个大胆的问题。

“您知道家父为什么从大学辞职吗？”

“哦，是因为发生了信息泄露事件，室田老师承担了责任。”

山下往墙壁那边瞥了一眼。那好像是下意识的动作。祐太郎想起墙另一边的人刚才对他的反应。信息泄露事件是医院的一大污点，想必整个医院的人都想尽快忘掉室田和久这个名字吧。

“他的工作其实做得非常出色，实在是太遗憾了。”

山下之所以能这么说，可能是因为事件发生时他不在这家医院，所以没有感同身受吧。

“那个，是真的吗？”

“我是这样听说的，还有别的说法吗？”

“家父生前好像非常在意一些别的事情。我想知道，他在这家医院工作时，是否犯过什么错误？他会不会是因为别的理由被大学辞退了？”

妹妹的死和室田和久离开大学的时间相差六年，两者并没有关系。可他想看看山下的反应。

“犯错啊……”山下喃喃了一句，抱着胳膊思索起来。

“没有吗？”

“唉，这个不太好说啊。”山下苦笑道，“毕竟是当医生的，难免要面对死亡。室田老师站在科长的立场上，应该熟知整个科的患者情况。其中一定也有实际上有可能被拯救、只是因为医生能力不足而导致死亡的患者。越是工作态度认真的医生，就会对患者的死有更多的责任感。室田老师或许也是那样的人吧。”

祐太郎强忍住了当着山下的面拍桌子的冲动。

我说的不是那个。

他很想这样说。

祐太郎垂下目光，试图喘口气让感情平静下来。山下好像误解了那个举动，继续轻声道：

“令尊的去世肯定让你心里有很多想法吧？不过我认为，室田老师是个优秀的医生。”

“真的吗？”

祐太郎抬起头，山下对他露出了微笑。他不认为那个表情是在演戏。既然他什么都不知道，干脆直截了当地提问好了。

“对了，请问家父有没有在这里留下什么东西？”

“留下东西？是私人物品吗？我觉得应该没有了吧。”

“啊，不是。我想问他有没有留下一些个人资料？我想等一切安顿下来之后，为父亲生前的工作做个记录。我查看过父亲的电脑，发现里面并没有留下相关的记录。所以我在想，要是有资料留在这边，能不能让我看看？当然，只要是能阅览的那部分资料就好。”

山下脸上露出了警惕的神色。

“包含治疗信息的资料当然不能让你看。如果是研究成果，你到大学应该能找到，只是尚未发表的就有点困难了。因为那虽然是室田老师的研究成果，但同时也是相和医大的研究成果啊。要是今后准备发表的成果中，存在室田老师参与的内容，那当然会列出他的姓名。只不过怎么说呢，那都已经是三年前的事情了……”

看来他并没有警惕祐太郎的打探，而是感觉这是无法答应的请求。

“不，我说的不是那些，而是更私人的东西，不知道有没有呢？比如只有家父一个人在研究，或者说学习的东西。”

“嗯？”山下闻言，有点不解地看着祐太郎，“我不太清楚你说的是什么东西，但不管怎么说，如此私人的资料应该是室田老师自己在管理，不会留在这里吧？”

“那边那台应该是电脑吧？请问家父使用过吗？”

“哦，你说那个啊。那确实是电脑，不过很旧了。那是电脑还算奢侈品的时代的产物，据说好几年前给每个科长室都配备了一台。现在大家都在用自己的电脑了，我认为室田老师也没用过。”

“那是多久以前的东西？”

“我听说电脑每三到四年就更新一次，不过我到这里之后一次都没换新过。我一来它就已经是台旧电脑了，可能已经有六七年历史了，说不定更长。”

“是吗？”

外面传来敲门声，不等山下回应门就开了。刚才那个男人探头进来说：

“科长，时间快到了。”

他看都没看祐太郎一眼。

“哦，知道了。”

山下点点头，看向祐太郎。

“如果你想知道，那下次打开看看吧。只不过我也不确定它还能不能开机。”

说完，山下便撑起了身子，用目光催促祐太郎。既然如此，他也不能继续赖着不走了。于是祐太郎拿起公文包，跟着站了起来。

“那就拜托了。劳烦您百忙之中抽空出来，真是太感谢了。”

他走出附属医院，马上打电话汇报了自己跟山下的交谈，只听圭司哼了一声。

“没有找到插U盘的时机，山下和巳也什么都不知道。如此一来，我们就没有线索了啊。”

“话也不是这么说。我可能找到了。”

“找到什么了？”

“室田使用的另一台电脑。心内科科长室里有一台旧电脑。”

祐太郎在医院正门附近的巴士站长椅上坐了下来。

“你是说，室田曾经出入那里？”

“我看见室田家还留着一张附属医院的ID卡，用那个应该能进去。可以趁里面没人的时候偷偷溜进去，对不对？说不定在辞去教授职位后，室田也经常到里面去操作电脑。他委托删除的资料一定在里面。”

“因为地点限制，他无法轻易走进去。这就是设定时间这么长的原因吗？”

“每个月到附属医院去摆弄两下电脑，这样他家里人应该也发现不了。”

“原来如此。”圭司咕哝了一句，然后问道，“那你接下来打算怎么办？”

“去室田家，拿到 ID 卡，再过来这里。”

“要是拿到了 ID 卡，你先回事务所一趟。”

“啊？”

“我也去。”

“知道了。”

祐太郎正要挂电话，却听到圭司继续说：

“喂。”

“嗯？”

“这件事要是顺利……要是接下来都顺利，我们曝光了所有真相，你会更轻松吗？”

“轻松？什么轻松？”

“你之前不是让我看过你妹妹的照片吗？当时你对我说，你很害怕记忆渐渐淡去。可是记忆这种东西注定要淡去。要是这件事办成了，你……你可以原谅渐渐淡忘妹妹的自己吗？”

那个问题问得一点都不像圭司。

“我也不知道。”祐太郎说着，转过身去。

这家医院他来过很多次。小时候，妹妹特别不喜欢上医院。要是说“哥哥也陪你一起去”，她就会稍微高兴一些。祐太郎并不讨厌他们母子三人一起上医院。每月一次，他们还会跟下班的父亲在医院会合，一起到餐厅去吃晚饭。他甚至觉得，铃生病也不完全是坏事。

“我也不知道。现在我甚至没有想那种事。”

圭司似乎笑了几声。

“是吗？也对啊。”

“不过，我再也不想逃避了。就算挖出什么样的丑陋怪物，我也不想逃避了。我要把它拽到阳光下，盯着它的眼睛，狠狠揍一顿。”

旁边传来粗重的鸣笛声，祐太郎转过去，发现是巴士来了。司机隔着前窗望向他，仿佛在问“你要不要上车”，因为这个车站一共有三趟车经过。祐太郎正要点头。

“我要坐——”

一个女孩子的声音传了过来，让他回过头去。只见一个小学低年级的女生从医院门口跑出来，朝着巴士用力挥手。司机的眼睛泛起了笑意。

“我马上回去。”祐太郎说。

“好，我等你。”圭司回答。

他挂掉电话，跟在女孩子和貌似她母亲的人身后，上了巴士。

“赶上了。”

那活泼的声音，跟记忆中妹妹的声音重叠在了一起。

2

果然如山下和巳所说，心内科科长室的电脑已经很久没用了。盖在上面的罩子落满灰尘，网线和电源线都被拔掉。对希望隐藏数据的室田来说，这应该是最理想的地方。祐太郎把网线和电线都插了上去，圭司则启动了电脑。

“我去外面望风。”

祐太郎塞上一只无线耳机，把圭司留在科长室，走到了心内科的普通办公室。现在是晚上十点多，三楼走廊上几乎没什么照明了。他走到心内科的候诊室，找了张长椅坐下。从这里能看到乘电梯和走楼梯过来的人。要是有人试图靠近办公室，他就得把对方叫住，给圭司争取离开房间的时间。不过没等多久，耳机里就传出了圭司的声音。

“不对啊，不是这台电脑。这里没安装我们的应用程序。”

“我还以为就是它呢。”

祐太郎压低声音应了一句，正想问“你确定”，却硬把话给吞了回去。既然圭司说了没有，那肯定就是没有了。他们无须在这里久留。

“撤退吧，我到你那边去。”

祐太郎从长椅上撑起身子。

“不，等等。你在那儿继续监视。”

“你要干什么？”

“不愧是科长专用的电脑，从这里可以读取到医院内的所有数据。我看看能否找到你妹妹的治验信息。治验是什么时候？”

“九年前。”

“你知道治验开始的确切日期吗？”

“不知道。不过我妹妹的忌日是八月七日，治验是四个月前开始的。”

圭司没有回答，耳机里传出了敲击键盘的声音。祐太郎重新坐下，一边望风，一边思考。

要是这里也没有，那另一台电脑究竟在哪儿？难道是网咖？室田会不会在店里某台电脑上安装了应用程序，并且做了伪装不被发现？

想到这里，祐太郎摇了摇头。室田三年前因为信息泄露事件被大学辞退了，他应该不熟悉电脑，干不出如此复杂的事情来。

挂在脖子上的卡套很碍事，祐太郎就把 ID 卡摘了下来。他回想起自己去拿 ID 卡时，跟室田夫人的对话。

“你有没有经历过这种感觉，跟自己最亲密的人，突然变得好像陌生人一样。”

祐太郎想，室田和久死后，或许就没有人知道另一台电脑在哪里了。

跟山下和巳见过面后，祐太郎为了拿到ID卡，到室田和久家去了一趟。他本打算要是家里没人就偷偷溜进去，没想到按过门铃之后，夫人前来应答了。于是，祐太郎把递给她儿子的名片又递了一张给她。

“我刚才因为电脑的事情来过一趟，请问令郎在家吗？”

“他出门去了，不过我听他提起过这事，好像是我丈夫犯的错误。您还有事吗？”

这人不像是强打精神，应该本来就是个坚强的女性。她看完名片，又用有力的目光凝视着祐太郎。她的脸虽然标致，但总给人感觉好像缺了点表情，让人联想到半夜头发会变长的日本人偶。

“我好像落了点东西，不好意思，能让我再进去一次吗？”

他只要能独自在房间里待一小会儿就好了。祐太郎虽然如此盘算，事情却没有他想象的那么简单。

“要是您落了东西，我去拿过来吧。是什么东西？”

夫人正要转身，却被祐太郎叫住了。

“啊，不是的。那个……我落下的是应用程序。”

祐太郎一边窥视夫人的表情，一边想着要如何说明。

“我作业时安装的应用程序忘记删除了，要是放着不管，电脑可能无法正常工作。”

夫人困惑地看着祐太郎。看来她跟儿子一样，对这些都不是很熟。

“能请您让我再开一次电脑吗？只要五分钟就结束了。”

“是吗？”夫人点点头，把祐太郎请了进去。

在夫人带领下，祐太郎回到了室田和久的书房。之前来他还没什么感觉，这次他却在房间里感觉到了室田和久的强烈气息。他仿佛在墙壁、天花板和地板上一动不动地盯着自己。

“您要找电脑，是吧？”

夫人喃喃着，把地面扫视了一遍。祐太郎离开后，一郎好像又收拾了一会儿。纸箱的数量和位置虽然没变，但是都封上了口，看不见里面的东西。

“啊，令郎收起来了吧，应该在某个纸箱里面。能麻烦您在那边找找吗？”

说着，他走向了摆在文件柜旁边的纸箱。

“上面应该不会放东西，您只要打开看看，要是没有，那就应该不在里面了。”

看到夫人蹲下身开始查看纸箱后，祐太郎把眼前的纸箱打开，很快就找到了连着 ID 卡的挂绳。他拿起卡片，转到身后，飞快地塞进 T 恤下面，夹在了裤腰带里。

“没有呢，会不会是这边？”

他一边鼓弄着，一边打开了桌子下的另一个纸箱。

“啊，找到了，就是这个。”

他拿起里面的笔记本电脑给夫人看了一眼，然后放在桌上，插上电源线，坐了下来。电脑启动后，夫人走到了他的背后。

“我很快就弄完了。”

祐太郎希望她会走开，然而夫人只是应了一声“是吗”，便站在他身后不动了。屏幕上依旧显示出要求输入密码的弹窗。好在他把公文包也带来了。祐太郎拿出U盘，插进电脑里。他回头一看，发现夫人正疑惑地看着他。

“这就行了？”

“啊，是的。”祐太郎点点头，“现在正在删除没用的程序。”

“是这样的吗？”夫人说，“我看着好像什么都没在做啊。”

因为就是什么都没在做。画面没变，风扇转速没变，指示灯也没有闪烁。

“没关系，已经在删除了。”祐太郎笑了笑，把椅子转过去对着夫人，岔开了话题，“对了，鄙姓真柴。”

“哦，刚才您的名片上也写了。”

“我听令郎说，真柴这个姓好像跟室田理事长有点关系。”

夫人没有回答，但她的表情略微僵硬了一些。祐太郎继续道：“令郎还说，室田理事长一直在等姓真柴的人打电话给他。”

“是吗？”

夫人喃喃着，眼中没有感情，却难以掩饰极力压制感情的强烈意志。他提起这个只是想让她别去关注电脑，不过看这个样子，要是顺利的话，说不定能挖出点东西来。祐太郎开始探索入口，试图进入那扇紧闭的大门。

“夫人是不是知道点什么？”

“我什么也没听说。”

夫人移开了目光。她明显是在说谎。

“是吗？”

祐太郎又想到了下一个突破口。

室田夫妇一直把儿子当成不成器的人，他们的儿子心里也清楚。既然两方的关系比普通亲子关系更扭曲，那他们之间的距离应该也比普通亲子更远。祐太郎赌了一把。

“令郎似乎很在意那件事情，还说这件事已经没法去问了，叫我把这台电脑里的数据彻查一遍。”

“彻查？那孩子叫你做这种事？”

夫人吃惊地反问，却没有怀疑这件事的真伪。于是祐太郎把手伸进微微打开的门缝里，用力拉开了大门。

“啊，您没听他说吗？是这样的，他觉得里面可能有关于真柴这个人的信息，跟我约好过几天来检查数据。如果您不介意，我现在就开工吧？请问您方便吗？”

夫人眼中闪过了一丝狼狈。

“不，今天有点……”

“很快就好了，真的，非常快。因为这个 U 盘里也装着我要用到的程序，我们说话的时候就能……”

说着，祐太郎把椅子转回去，朝键盘伸出了手。就在那时，夫人尖声叫道：

“住手！”

祐太郎转了回去，抬头看着夫人。她脸上已经失去了血色。

“啊，不好意思。”祐太郎说，“那我还是改天再来吧？”

夫人嘴唇颤抖着，一言不发，似乎想说点什么，又不知该怎么说。

“您怎么了？那个，要不您先坐下来？”

祐太郎站起来，把椅子让给了夫人。在他的搀扶下，夫人僵硬而沉重地坐了下来。大门已经敞开，他只要走进去就好了。祐太郎跪坐在夫人面前，说了起来。

“这样做是不是不好啊？不过我已经接受了令郎的委托，现在已经拒绝不了了。就算我拒绝了，令郎可能也会去找别人来做这件事吧。如果您愿意把情况说清楚，我会尝试想一个对双方都不坏的做法。”

夫人闻言，急切地抬起头来。

“你说的做法是……”

“令郎对电脑不怎么熟悉，如果里面有不能让他看到的资料，我可以瞒着他修改一下，或是干脆删除。”

夫人移开了目光，看着虚空犹豫了片刻，随后又把目光落在了自己紧握的双手上。

“不过，要是您不说清楚是什么数据，我就无法操作。”

这台电脑里没什么有价值的东西，圭司已经检查过了。不过从夫人的样子来看，她应该知道点什么。

“您不希望令郎看到的，是关于那个真柴的资料吧？请问那是什么资料呢？”

祐太郎又问了一句，夫人带着决意抬起了头。

“我不知道那是什么资料。”

“您不知道？”

“对。不过我丈夫好像十分惧怕那个叫真柴的人。如果有关于那个人的资料，我一点都不想看，也不希望儿子看到。”

“是吗？”祐太郎点了点头。

“我很害怕。”

夫人小声说。

“您是怎么知道真柴这个名字的？”

夫人的视线又开始游走，最后落在手上。

“因为我扔了直邮广告。”

“啊？”

“很久以前，大概是五年前吧。一天傍晚，我像往常一样拿出邮箱里的几封直邮广告，没有拆封就扔进垃圾桶了。当时我丈夫问我，你总是这么做吗？我笑着说，那都是直邮广告，拆开来看就没完没了了。我丈夫却有点生气地反驳，你这样太胡来了，有些私人信件看起来可能跟直邮广告很像啊。我不明白他想说什么，就问了一句。当时他就说出了真柴这个名字。”

“老先生说了那是什么人吗？”

“没说。”夫人摇摇头，“他没说那是谁。”

“我觉得那有点不自然啊。”祐太郎说，“这种时候要是他不说，您不会追问吗？”

“我当然追问了。”

“当时老先生——室田理事长怎么回答的？”

那对祐太郎来说，是非常重要的提问。紧张的思绪一不小心就脱口而出了。然而，夫人并没有工夫注意到那个提问的不自然，因为她的目光再次游移起来。经过比刚才还要漫长的犹豫之后,那个目光落到了祐太郎身上。她发出了意想不到的提问。

“你结婚了吗？”

“没有。”祐太郎略显惊讶地回答，“没结婚。”

“那随便什么人，你父母也好，恋人也好，挚友也好……你有没有感觉过，一个跟自己最亲密的人，突然变得好像陌生人一样？”

祐太郎脑中浮现出了父母放弃诉讼时的脸。他还回想起了后来那段无言的时光。

夫人看着祐太郎的眼睛，点点头。

“对我来说，当时就是这种感觉。当他黑着脸说跟你没关系的时候，我就意识到了。我跟这个人只是陌生人。我们结了婚，生了孩子，成为夫妇的时间比跟自己父母生活的时间还要长。可是尽管如此，我们依旧是陌生人。”

夫人的视线又回到了自己手上。

“从那以后，我们就再也没提过真柴这个名字了。”

事情肯定没有说的这么简单吧。她确信丈夫隐瞒了事情，却整整五年没有提及。最终得不到真相，就突然天人永隔。

“你知道三年前的事情吗？就是我丈夫泄露了医大附属医院信息的事情。”

“嗯，我听令郎提到过。”

“调查小组查到我丈夫的电脑就是泄露源，他似乎对此一无所知。可是他没有做任何辩解，甘心接受了那个污名。我问他为什么，他回答这一定是天谴。他并没有说那是什么意思，可我当时就想到了真柴这个名字。我想，他一定是在说那个吧。那个名字后面，隐藏着让他甘愿受到惩罚的罪孽。”

夫人长吐一口气，双手掩面，低声说道：

“这就是我所知道的全部。”

“是吗？”

祐太郎站了起来。就算室田和久被罪恶感折磨，也丝毫没有原谅他的心情。

他凭什么认为自己受到了惩罚?

他很想对四面八方感觉到的室田和久的视线这样说。就连眼前这个低着头宛如受害者的夫人，也让祐太郎心中的烦躁越来越膨胀。

即便如此,你们也没有坏掉啊。你们不还是三个人围着餐桌，有时还会说笑几句吗?

他很想这样逼问。

“我原本跟令郎约好了过今天联系他，但我不会联系。也请夫人您不要去追问。如果那个委托只是心血来潮，想必令郎过段时间也就忘掉了。要是令郎主动联系我，我再想想要怎么做。”

祐太郎把 U 盘拔出来，放回了公文包。

“那我先告辞了。”

他实在控制不住僵硬的声音，夫人也没有起来送他。

“需要的信息都到手了，我们走吧。”

耳机里传来圭司的声音，让祐太郎抬起了头。他快速查看周围，并没有发现什么人。

“我这就过去。”

他拿起 ID 卡打开办公室门，圭司很快就出来了。

两人乘电梯下到一楼，走向夜间出入口。门口设有前台，上面装饰着小小的圣诞树，里面还坐着一个上了年纪的保安，感觉他很适合圣诞老人装扮。如果从外面进去，可能会遭到盘问，不过他并没有理睬从里面出去的两个人。祐太郎和圭司齐齐向他点了点头，他也露出温和的笑容，朝他们点了点头。

“两位保重。”

他们来到停车场上车，开回了事务所。把车停好后，圭司说，你今天可以回去了。

“圭呢？”

“我把那些信息整理一遍。现在还不知道室田的另一台电脑在哪里，必须想想下一步如何行动。”

“知道了。”

“再见。”说完，圭司便推着轮椅走了。

“啊，圭。”祐太郎对着他的背影喊了一声。

圭司把轮椅转了过来。

“谢谢你。”

圭司疑惑地皱起了眉。

“谢谢你帮我做了这么多。”

圭司白了一眼，正要说话，最后却把话咽了回去，笑了笑，转过了轮椅。

“少说傻话。”

他头也不回地说完，往大楼入口而去。

祐太郎回到位于根津的家中，老玉到门口来迎接他了。他把老玉抱起来走进屋里，发现矮桌上摆着便当盒，还有遥那写的字条。

“今天是自己做的。要是不合口味，就跟老玉换换。”

“自己做的”那几个字上面还有个箭头，一直指向了旁边的“not 自信之作”。祐太郎盘腿坐下，打开便当盒，发现那是几种蔬菜做成的小菜，还有杂烩饭。

“哦，看起来很好吃啊。”

他用手指捻起一根炒牛蒡放进嘴里。

“哦哦，好好吃！”

他一边叫着一边使劲抚摩老玉的脑袋和背部，老猫实在受不了，便挣开他逃走了。

祐太郎用冰箱里的芜菁和油豆腐做了味噌汤，给老玉碗里倒了猫粮。老玉看了一眼自己的饭碗，怨恨地盯着祐太郎，然后看向矮桌上的便当。

“你要是有意见，就去怪遥那只做了一份吧。”祐太郎说，“总是找好欺负的人抱怨，一点都不男人。”

祐太郎吃起了便当，老玉也不情不愿地啃起了猫粮。这是个安静的夜晚，他不想开电视，也不想开收音机。

“老玉，你还记得铃吗？”

祐太郎吃了一块煮南瓜，问道。老玉的目光瞥向祐太郎，抽了抽胡须，很快又嚼起了猫粮。

“也对啊，老玉只在小时候见过铃吧。我觉得真不可思议，老玉竟然几乎不记得铃啊。哦，还有，你竟然一次都没见过圭。下次我还是把你正式介绍给圭吧。”

老玉看了一眼祐太郎，摇了一下尾巴，又吃起了猫粮。要是不能把老玉带到事务所去，那就只能邀请圭司到家里来了。祐太郎试着想象那个画面。圭司在门口不好意思地说了声“哟”，老玉则一本正经地回上一句“喵”。他忍不住笑了起来。圭司跟老玉一定很合得来。

“嗯，我一定要介绍你们俩认识。”

第二天，他把手搭在门上正要走进事务所，却听到里面传来圭司的声音。

“你想干什么？”

他虽然压低了声音，却难以控制强烈的感情。没有回答。圭司继续道：

“你没资格对我说教。不过是教了我电脑技术，少在那里自以为是。”

还是没有回答。祐太郎意识到他在打电话。圭司接下来的声音充满了愤慨。

“你难道把我当成了观察对象吗？那样的话，就只冲我一个人来。”

对方好像说了点什么，里面是一阵短暂的沉默。

“对，没错。反正每次都是你最正确。”

圭司接下来的声音变得很无力。

“不过夏目，你别再管我们了。”

他感觉通话结束了，犹豫了一会儿要不要进去，然后沿着走廊走回去，在电梯门口打发了一会儿时间。

夏目应该是之前在人生删除事务所工作的那个人吧。圭司说的“我们”是指他和谁呢？正常来想，应该是圭司和舞吧。可是圭司很少这么明显地流露感情，那个夏目究竟对他们做了什么？

祐太郎一边想着，一边用比平时更响亮的脚步声走向事务所。他打开门，看见圭司带着一如往常的表情，一如往常地坐在那里。

“早上好。”祐太郎说。

“你是比平时早一些了。”圭司哼了一声，“但是也没多早。”

圭司真的跟平时一模一样，让他忍不住怀疑刚才那些话是他的幻觉。祐太郎放心了一些，走到办公桌前。

“你发现什么了？”

圭司桌上摆着一大叠打印出来的纸，而且写满了小小的字。

“哦，从结论开始说，你妹妹的治验数据并没有遭到篡改。”

“啊？”

他停下伸向那沓纸的手，看向圭司。

“那不就是说，室田并没有搞鬼了？可是室田很害怕我爸妈联系他啊。”

圭司抬起一只手，让面色大变的祐太郎冷静下来。

“你听我按顺序说明。这是昨天获取的部分数据——治验协议。”

圭司把台式电脑的屏幕转向祐太郎。

“协议？”

“实施治验的计划书。简单来说，就是写着如何进行治验的工作说明书。每项治验都会有一份这样的文件。这是上个月开始的新降压药治验协议。”

屏幕上显示着一份 PDF 文件，上面的字又小又密，还掺杂着英文，祐太郎根本不想看。而且那一页的页码是八十一，也不知道完整文件到底有多少页。圭司似乎也不指望祐太郎把它读完，很快就把屏幕转了回去，继续说明。

“我还看了其他几种相和医大附属医院最近展开的治验协议，学到了不少东西。你有多了解治验？”

“患者会被分为两组，一组服用真正的新药，一组服用对身体没有影响的安慰剂。患者自己并不知道服用的是哪一组药物。通过这种方法获取大量患者数据，以确认新药是否真的有效果。是不是这样？”

“不能算错，但也不能算对。首先，制药公司要确认自己研发的新药的安全性。在经过动物实验后,第一次使用在人身上时，通常是以健康的成年人为对象。”

“健康的？哦哦，这样啊。我是听说过那种零工。”

那种所谓的“治验兼职”对除了身体健康没有其他技能和特长的年轻人来说，是一份报酬很高的工作。祐太郎自己就听过好几个人的经验之谈。

“那是治验的第一阶段。要是在这个阶段确认没有安全性问题，就会进入第二阶段。在第二阶段，新药会使用在患有相应疾病的患者身上。通常是由制药公司发出委托，在接受委托的医疗机构，也就是医院展开治验的。一家医院能找到的合适患者应该不多，所以通常会有好几家医院同时参与治验。医院会请患者签字同意治验，然后投放药物，获取数据。此时最经常使用的就是你刚才说的盲测。把患者分为两组，一组患者使用新药，医院称为实药，另一组患者则使用不含药效成分的假药，也就是安慰剂。部分治验还会把实药分成不同含量进行投放，现在我们暂时不用去想那个。”

“嗯。”

“患者数据由患者的主治医院、制药公司和负责中介的第三方机构共同享有。这个第三方机构的工作就是检查治验是否公正。因为有了第三方机构，现在即使在治验中发生事故，也不可能隐瞒了。”

“所以铃的数据才没有被篡改吗？”

“不，我刚才说的只是现状。第三方机构介入治验是三四年前开始的。你还记得这个事件吗？”

圭司在办公桌上翻出一张纸递了给他。那是一张报社电子文章的打印稿。

“啊，嗯。”祐太郎接过来，点了点头，“我记得。”

大约六年前，某制药公司的员工参与了几所大学附属医院临床研究数据的编写，发现数据遭到人为篡改，将本公司的药品数据优化了。由于那是许多患者都在使用的处方药，当时引起了很大的社会关注。因为是有关药品的不正当行为，祐太郎记得自己看到那则新闻时内心很是苦涩。

“因为这件事，制药公司和医院，尤其是大学附属医院之间的不正当关系被世人广泛知晓。所以那件事之后，全国开始在治验中加入第三方机构了。”

“也就是说，九年前铃参加治验时，并没有第三方机构加入，对吧？那不就可以篡改数据吗？”

“治验的确没有第三方机构介入。”

圭司操作鼠标，又把屏幕转向祐太郎。

“这是九年前的协议。相和医大附属医院心内科在九年前的八月只实施过这个治验，恐怕就是你妹妹那场治验的协议了。使用的新药是抗心律失常药物，对不对？”

屏幕上显示着跟刚才一样的细密文字，不过跟刚才不同，有好几个词祐太郎看着很眼熟。比如“QT 时间”“QRS 波幅”。当时他看过好多次同样的文字。

“她的病很容易引起心律失常。”祐太郎说，“而且很难治愈，随时可能引发足以致死的心律失常。我妹就一直生活在那个阴影下。”

尽管需要时常注意，但她能过普通的生活。问题在于心律失常无法预测，那个不安成了笼罩在一家人头上的淡淡阴影。虽然没下雨，但也不是晴天。这就是他们的日常。对真柴家来说，参加治验相当于云层间头一次透出了阳光。

祐太郎闭上眼。总是浮现在眼前的光景，已经不再是当初那幅清晰的映像了。

耀眼的阳光、夏日庭院、水管喷出的水、淡色彩虹。戴帽的少女回过头来，对他嫣然一笑，背后摇曳着盛开的向日葵。

风逗弄着盛开的向日葵，轻轻撩动屋檐下的风铃。

那个微笑突然从眼前消失，风铃的轻响在耳中回荡。母亲的哭声，他的身体动弹不得。视野一角摇曳着暑气。

他在记忆中的盛夏里做了个深呼吸，然后睁开眼睛。圭司仿佛在等着这一刻，继续说了下去。

“这份协议上记载，九年前的这场治验没有第三方机构介入。”

“那……”

声音哽在喉咙里，祐太郎咳了一声，重新说道：

“那就是还能篡改数据，对吧？”

“然而事情并没有那么简单。只要是有一定规模的医院，一名患者的数据被好几个人看到这种情况就很普遍。协议上记载着，相和医大附属医院的责任医生室田和另外三名医生参与了治验。另外还有两名工作类似护士的 CRC 负责在治验现场提供协助。想必篡改数据本身并非不可能，只不过一篡改马上就会被发现。”

“事实上，铃的主治医生确实怀疑医院有问题。”

“如果真的篡改了，肯定还有更多人会发现。室田并没有篡改你妹妹的数据，而有可能是别的不正当行为。有可能那位主治医生虽然意识到治验存在不正当行为，却没有搞清楚具体内容是什么，所以他才劝家属查明真相。”

“别的不正当行为？”

“不知道，但我可以想象。他们要让新药研发成为国家的成长产业之一，为此必须加速审批手续。那样还能促进药品落后情况的缓和。可就在厚生劳动省带头展开这一系列措施时，你妹妹的事故发生了。新药研发过程中出了医疗事故，而且死亡的患者还是一名十几岁女孩。虽然没有公开身份，但你妹妹的死成了比较受关注的新闻。可是后来，这件事却没有演变为大骚动。那是为什么？”

“那是因为……家属撤销了诉讼。连家属都接受了她的死。既然如此，那就不值得骚动了。大家可能就是这么想的吧。我们这些家属，亲手埋葬了铃。”

他在一阵沉默中看过去，与圭司对上了目光。圭司瞬间掩饰了眼中的沉痛，不客气地说了句：“你是笨蛋吗？”

“我没问你那种伤感的问题。以媒体为首，世间舆论之所以停止骚动，是因为他们不再认为那是事件或事故了。那个十几岁的女孩不是因为治验而死，只是在治验过程中病死了而已。正因为他们接受了这个说法，才不再骚动。那我问你，他们为什么接受了？”

“因为医院公开宣布铃服用的是安慰剂。”

“没错。如果给患者服用的是安慰剂，那么她的死就跟治验药没有关系。大家都这样想。可是，是谁证明了给你妹妹使用的是安慰剂？”

“是谁？”

“如果这真是你说的盲测，那么患者本身并不知道自己服用的是实药还是安慰剂。不仅如此，为了彻底排除评估时的主观因素，一般连医生和制药公司这些参与治验的人都无法得知分组情况。”

“啊？谁都无法得知吗？可要是谁都不知道，治验要怎么搞啊？”

“所以制药公司才会导入与治验没有关系的机构。”

“机构？”

“医院请患者签字同意参加治验后，首先要给患者登记一个实验编号。他们会把编号通知给机构，然后制药公司把无法分辨是实药还是安慰剂的药品出货给机构，由机构在药品上打上编号。”

在机构眼中，患者和药品都成了去个性化的单纯编号。

“嗯。”祐太郎点点头。

“然后，机构通过程序生成随机数，制作一份分配表。由这张分配表来决定哪个实验编号匹配哪个药品编号。医院按照机构指定的匹配给患者投用药物。”

“程序？”祐太郎说。

决定参加治验的妹妹被登记了一个去个性化的编号，程序给那个编号匹配了实药的药品编号。这就是一切的开端。

“不是由人来决定，而是由程序来决定吗？”

“应该是的。在随机性这方面，电脑远比人要可信得多，因为人总会有所企图。”

“既然如此，要是那个程序给铃匹配的是安慰剂的编号，那铃就可能不会死了吧？她可能会活到现在吧？”

幻想着那样的“现在”，他感到胸口传来一阵钝痛。

那个程序不带任何企图，当然也没有杀意。尽管如此，妹妹还是死了。

“别把事情怪到无法制裁的东西头上。”

圭司严厉地说了一句。祐太郎抬起头。

“如果说是巧合，其实这个世界上发生的事情几乎全是巧合。甚至寻根究底，可以把一切都怪到老天爷头上。可是即便如此，也有需要制裁的人。若不是这样，人的世界就运行不下去了。我们现在要谈论的，就是那种人。”

“是啊。”祐太郎点点头，“嗯，我知道，你继续说。”

圭司盯着祐太郎看了一会儿，仿佛想确定他真的没问题。祐太郎又点了一下头，于是圭司也点点头，说了下去。

“程序生成的分配表在治验完全结束前绝对不会公开。只是，偶尔会出现治验过程中必须知道分配结果的情况。为了应对那种情况，程序就会生成一个紧急密钥。这东西记载了每个用药者的实验编号匹配了什么药，总数等于参与治验的患者人数。要是患者出现了重大健康损害，为了方便医院救治，就必须知道那个患者服用的究竟是实药还是安慰剂。然而，如果出于这个目的公开分配表，就会导致匿名性失效，使得治验无法再继续下去。紧急密钥就是为了避免这种情况，才记录了每一名患者的分配结果。它不是一张纸，更像是一个标签。有多少个患者参与治验，就有多少个紧急密钥。那些密钥都被装在信封之类的容器里，并加以密封，由负责匹配患者和药品的机构保管，只在出现紧急事态时，才会打开相应患者的密钥进行确认。”

圭司又看了祐太郎一眼，仿佛在确认他是否理解了刚才那番话。祐太郎点点头。

“你妹妹死后，她的紧急密钥应该被拆封了。然后医院就公布，你妹妹使用的是安慰剂。”

祐太郎也知道圭司想说什么了。

“要是在铃死后和密钥开封之前，有人偷换了铃的紧急密钥——你是这个意思吧？”

“没错。”

“不，等等。可是室田并不知道铃服用的是不是实药吧？那不就……”

那不就从一开始便不存在偷换的理由吗？他正要这样说，却被圭司抢了先。

“我也考虑过这点。不过，后来我又发现了一个很有意思的博客。那是一个医生匿名写的博客，上面说，哪怕是盲测，只要持续治验，也能看出用药的真伪。因为在治验中，医生要采集患者的血液和尿液进行检查，还要做心电图，收集必要的数据。治验的新药越有效，用药效果就会在数据上表现得越明显。”

这么说来，确实有些理所当然。

“哦哦，那倒是啊。”

“为了避免这种情况出现，好像一些治验会从中途开始禁止收集数据，但你妹妹的治验并非如此。根据协议内容，用药患者每月都要被采集一次数据。”

“啊啊。”祐太郎想起来了，“话说回来，铃的主治医生也说过这样的话。他说从治验数据来看，铃很可能服用了新药。原来是这个意思啊。”

“室田可能也有同样的想法。”

“所以他才偷换了紧急密钥。”

“没错。无论数据看起来再怎么像使用了实药，打开紧急密钥一看，上面记录着被分配到了安慰剂组，那些数据变化就会被定义为非药物所致。人们很有可能认为那是安慰剂效应。接下来，只要在整个治验结束前篡改分配表，然后从剩下的紧急密钥中找到一个匹配安慰剂的记录，并偷换为匹配实药，这样实药和安慰剂的数量就能对上了。”

“这样就偷换完成了。”

“没错。”

“这就是室田干的事情？”

“我认为是。但是这里还存在一个问题。就算室田是责任医生，也碰不到分配机构管理的紧急密钥。因为那是物理保管的东西，不可能单凭黑进系统来偷换。事实上，医生恐怕连紧急密钥的保管方式都不知道。如果要偷换，必须有一个分配机构的内部人员与他接应。”

“从犯吗？那种人……”

要怎么找？首先找到制药公司，打探出负责治验分配的机构名称。其次从那个机构的员工里找到参与了不正当行为的人。顺序虽然是这样，想完成恐怕万分困难。祐太郎心里一沉。

“哦，其实我也烦恼了一会儿要怎么找出来，结果竟然很快就找到了。”

“欸？哈？你找到了？”

“日下部勋。”

“谁？”

“室田家那台笔记本电脑，里面虽然没有值得参考的数据，不过确实显示室田跟一个高中同学到现在还偶尔有邮件往来。那家伙用的是公司邮箱，所以我调查了一下后缀，发现是一家专门负责分配业务的医疗服务公司。”

“你是说，他碰巧认识一个人，就在那家负责给引起死亡事故的治验进行数据管理的公司工作？”

“应该反过来说，他碰巧处在了一个可以做出不正当行为的情况，所以他才这么做了。我不知道室田是用钱收买的，还是利用别的方法，总之他的共犯应该就是这个日下部勋。”

圭司又一次在桌子上翻找，然后递给他一张纸。那是打印出来的邮件。寄件人是室田和久，收件人是日下部勋。祐太郎把邮件看了一遍。那是时隔半年的联系，上面简单介绍了近况，说自己的老花眼越来越严重了，啃老的儿子还赖在家里，妻子有点健忘了，只有这点内容。正因为内容稀松平常，这封邮件看起来也就有点奇怪。时隔半年发个邮件，却没有什么事情要讲，甚至连句希望最近能出来聚聚的客套话都没有。这内容无论怎么看，都像在单纯表达“我还活着”。

祐太郎说出了自己的想法，圭司也点点头。

“我也这么想。而且我还想，曾经参与同一起犯罪的共犯，要是一直得以隐瞒罪状，肯定也会进行这样的邮件联系吧。”

圭司说着，又翻出来一张纸。那是日下部给室田的回复。邮件同样没什么内容，只有非常简单的近况介绍，也没有道别，就这样结束了。

“我顺着保存在室田电脑里的邮件上溯，发现两人一直都是每半年到一年联系一次。这次联系的时间是今年二月初，后来就没有联系了。日下部想必还不知道室田已经死了。”

他知道圭司想说什么了。

“儿子在父亲死后整理他的电脑，发现有个保持联系的朋友，便找上门去通知父亲的死讯。”

“没错。”圭司说着，空出了一块地方，“你用室田的邮箱地址吧，怎么写自己决定。”

祐太郎走到电脑前，写起了提出跟日下部勋见面的邮件。

“AMADA 医疗服务”位于丰洲一栋高层大楼的十五层。走出电梯就能看到前台，那里坐着一名女性。她身后的自动门旁边则有一名年轻的保安，正表情凶险地盯着他看。他在前台报上了室田一郎的名字，说自己有预约，然后被请到了电梯前的沙发上稍事等待。祐太郎坐了下来,等待日下部勋的出现。其间，他看到好几个员工进进出出，发现自动门需要用员工证划过旁边的读卡器才能打开。

他感到有点胸闷，不自觉地抬手去扯领带，然后慌忙忍住了。来这里之前,祐太郎先回了趟家,换上了白衬衫和西装外套。领带是圭司借给他的。

他强忍着胸闷观察进进出出的员工，不一会儿就看到一个满头白发、身穿西装的矮个子男人走了出来。他看了一眼前方，很快就注意到了祐太郎。祐太郎站起来，男人马上朝他招招手。于是他提着圭司借给他的公文包快步走了过去。

“您是日下部先生吗？”

“对，你就是室田的儿子吗？”

他隔着眼镜片，用单眼皮的双眼上下打量着祐太郎。那双眼睛看起来有点狡诈，也有点胆小。靠近一看，他脸上的皱纹还很明显。

“我叫一郎。父亲生前受了您不少关照。”

那双本来就小的眼睛眯缝得更小了。尽管他们最近没什么接触，可既然是高中同学，此人有可能见过小时候的一郎。祐太郎很担心他对自己起疑，而事实并非如此。

“哦，室田那家伙真的死了吗？”

日下部看着地板咕哝了一句，然后转向前台。

“不过应该没什么两样啊。”

祐太郎搞不懂他是在对话还是自言自语，于是一边跟上去，一边反问了一句。

“没什么两样？”

“我们已经六年多没见过了。”

祐太郎等着他说下去，可是日下部并没有继续。他过了一会儿才想到，日下部的意思可能是他们已经六年多没见过了，所以是生是死都没什么两样。

在前台做完登记，领到一张访客证后，日下部把证交给了祐太郎，然后朝自动门走了过去。他从西装右侧口袋拿出员工证，在读卡器上划了一下。祐太郎朝站在旁边的保安讨好地笑了笑，将访客证别在胸前，跟着日下部穿过了自动门。

里面是一个划分成小块工作间的宽敞空间，祐太郎被领到其中一个区域。这里有一张小桌子、四张椅子，应该是与外部人员会面的地方。隔间外面传来了人们说话的声音。

祐太郎和日下部分别在桌子两端落座。

“室田是怎么死的？”

“主动脉夹层。因为事情来得很突然，我和母亲都吓了一跳。”

“是吗？原来是病死的。”

“啊？”

祐太郎反问道。日下部只用一句“没什么”就糊弄过去了。

“对了，你喝咖啡吗？”

“啊，不用麻烦了。”

日下部从刚坐下的椅子上撑起身子，闻言停下了动作看着祐太郎。祐太郎用目光问他怎么了，日下部微微苦笑起来。

“你比室田说的要懂事啊。”

“啊，是吗？”

日下部依旧苦笑着，轻轻摇头道：

“父母的话真是靠不住啊。”

说完，日下部走向了墙边的自动售货机。祐太郎看着他的背影，拿出了手机。

“刷员工证进入内部，目前在会议区，没有电脑。”

他把这些内容发出去，圭司很快给了回复。

“进室内。进门需要员工证吗？”

他事先给了祐太郎一台插入 USB 的小仪器。只要把它插在公司内部的电脑上，只需一分钟就能生成后门。

“什么是后门？”

“就是在系统内部生成一个秘密通道。只要知道那个秘密通道在哪里，那么无论正门多么戒备森严，我也能自由进出。只要利用系统内部的电脑生成了后门，我就能轻易进入 AMADA 医疗服务公司的内部系统，而且能找到九年前的资料。”

“资料？你要找什么资料？”

“九年前，日下部偷换了紧急密钥，也就是物理数据。现在要找到那个证据恐怕是不可能了。不过他应该还篡改了治验结束后要公开的分配表。如果系统上还留着九年前的分配表，那么系统生成的原始分配表被篡改的痕迹也会残留在那里。另外，你妹妹留在医大附属医院的治验数据并没有被动过，所以她的实验编号应该也留着。只要将这两个拿出来对照，就能证明你妹妹使用的是实药。”

祐太郎就是为了这个来到了日下部的公司。圭司用信息命令他“想办法进入有电脑的室内”，还提醒他“进门可能需要员工证”。

“你说得倒轻巧。”祐太郎小声咕哝道。

不过在他来之前，圭司还说过“要是很困难，就不要勉强”。

“他们毕竟是专门处理数据的企业，要黑进去可能得花点时间，但也并非绝对做不到。”

那个说法让他很难分辨圭司是否期待他此行有所斩获，既然被他这么说了，祐太郎当然也想梗着脖子做出成果来给他看。

他把手机收了起来。很快，日下部就端着两个纸杯走了回来。

“啊，谢谢您。”

祐太郎接过了纸杯。日下部重新在对面坐下。员工证在他西装的右侧口袋里。

“话说回来，您穿着西装呢。”祐太郎开始闲聊，“我听说您在医疗公司工作，还以为会穿白大褂。”

“这不是那种公司。虽然属于医疗系统，但我的工作跟室田完全不同。我们只是负责统计和解析医疗数据的公司罢了。”

“日下部先生也从事那些工作吗？”

“对。”

日下部从西装内袋里掏出了名片。

“数据系统三科 主任分析师 日下部勋”

“主任分析师，好厉害啊！”

“一点都不厉害。所谓科室就是隔间里摆着几张桌子而已。我上头有个科长，除此之外再没有上级下级，也没有前辈后辈。偶尔在现实作业中会跟其他部门有所接触，但跟同部门的人基本上没有来往。这就是个只需要整天对着数据的部门。”

医疗数据的统计和解析。这个只有一层楼的公司，恐怕管理着数量庞大的医疗数据吧。一条失去的性命在那些数据中将会得到什么样的待遇呢？

“您的工作开心吗？”

祐太郎看完名片，忍不住问了一句。日下部讶异地看着他。

“你对这种工作有兴趣？”

“啊，不是。”

祐太郎慌忙想了个借口，用“室田一郎”该有的样子把不小心露出马脚的“真柴祐太郎”给掩盖过去。

“我这人不怎么擅长人际交往，就觉得这样的工作也挺不错。”

他说完又追加了一声“啊哈哈”，日下部的表情却变僵硬了。

“很抱歉，我不能把你介绍给公司。”

“啊，欸？”

“要是以前倒还可以，只是我现在没有那个能力了。对不起。”日下部低下了头，“我听你说想在公司见面，本来就想先提醒你，然而你也没有真的说出口，要是抢先把你拒绝了可能有点失礼，最后就没说出来。不过现在想想，其实也不对啊，毕竟你到公司来还能因为什么呢？”

祐太郎坚持别的时间见面不太方便，麻烦他安排在公司见面。日下部似乎把这个态度理解成了希望他帮忙介绍工作。他决定顺着日下部的话说，于是点点头。

“呃，好吧。”

“那次我对室田说，你不用逼他当医生，打发到我这边来就好了。那虽然有一半是开玩笑，但就算他当真了也没关系。以前我还有能力提携提携你，只是后来情况有变啊。”

“哦哦，情况有变。”祐太郎点点头，感觉自己应该再恋恋不舍一些，就追问了一句，“请问是什么情况？”

日下部犹豫了一会儿，见祐太郎一直在等他回答，就小声说道：

“大约三年前，我犯了个很无聊的事。不，我并不是有心的，不过还是在车站里让旁边的女性感到不适了。”

日下部垂下目光，没有再说下去。祐太郎可以想象他应该是被误当成性骚扰了。

“虽然没有被立案，可事情还是传到了公司。从那以后，我的立场就很尴尬了。因为像这种以管理信息为业的公司，对这类事情的反应都很敏感。要是你为了以前那句话专门跑过来一趟，那我真的只能说对不起了。”

日下部又一次深深低下了头。

“不，您别这样。”

被他这么一口气把话说下去，祐太郎感到十分为难。要把这情况扳到他想要的方向上已经很难了。照这个情况发展，等日下部把头抬起来，他只能说句打扰了，然后转头离开。

“请您不要这样，这让我太为难了。”

既然事情已经变成这样，那就没办法了。祐太郎站起来，假装慌忙向他伸出了手，然后故意用手背碰倒了桌上的杯子。果然，杯子里的咖啡泼向了日下部的西装左侧。日下部条件反射地向后躲开，可是咖啡已经在西装上留下了一摊印迹。

“啊啊，不好意思。”

祐太郎绕过桌子，来到日下部背后，掏出手帕，等日下部站起来后开始拍打他的左侧。

“不用了，没关系。”

趁日下部转移注意力的空隙，他拿走了右边口袋里的员工证，迅速塞进自己的上衣口袋里。

“您这样会留印子的，还是赶紧脱下来吧。我到厕所去给您冲干净。”

“不用了，不用了。”

“只要马上冲，咖啡痕迹是能冲掉的。请给我吧。”

“真的不用了，等会儿我自己弄就好。”

“哦，既然如此，您也不要等会儿了，现在马上去弄吧。那个，我就先告辞了。”

“啊，是吗？”

祐太郎拿起桌上的咖啡，催促日下部离开。走出隔间后，日下部停下了脚步。

“工作的事情我替你问问，到时候通过室田的邮箱联系你。”

“麻烦您了。”祐太郎说着，再次催促日下部，“您快去冲冲吧，我先把这些扔掉就回去。”

“啊，哦，是吗？”

“谢谢您了。”

他行了个礼，然后走向垃圾桶。到地方之后，他悄悄回头，发现日下部还站在那里看着他。于是他扔掉剩下的咖啡，又朝他打了个手势，请他赶紧去。

日下部点点头，朝他抬了一下手，总算转了过去。祐太郎等他的背影转过拐角，就从垃圾桶旁边走开了。他记得进自动门的地方有张公司分区图，便一路小跑回到那里，在上面找起了“数据系统三科”。那就是日下部刚才走过去的方向。

他迅速走到日下部拐弯的地方，瞅了一眼前面的情况。看不到日下部。走廊前方右侧有个洗手间，再往前走就是“数据系统一科”和“数据系统二科”。他又拐了个弯，看到了“数据系统三科”。果然，办公室入口处有个读卡器。他拿出日下部的员工证划了一下，门开了。

正如日下部所说，里面摆着几张隔板隔开的办公桌，只能听到敲打键盘的声音。那个分区一排可坐六人，面对面可容纳十二人。正对门口的隔间坐着一个年轻男性，探出头来看了他一眼。那人戴着耳机，看到祐太郎面露疑惑。祐太郎朝他点点头走开了，他也没说什么就回到了工作中。祐太郎经过他背后，朝前面的空桌子走去。他本以为那是日下部的桌子，可是看到隔板上搭着一件西装外套。于是他又走了过去，绕过隔板，来到对面那一排。第一张桌子空着，不过桌上的夫妻照片不是日下部的。再往前第三张桌子也是空的，那已经是最后一个空位了。电脑电源没关。祐太郎走进隔间，把圭司给他的东西插进了 USB 接口。屏幕上冒出一个小窗口，开始流淌文字。祐太郎掏出手机，设定了倒计时。圭司说只要一分钟，不过为了保险起见，他准备插三分钟。

祐太郎在椅子上坐下，转向背后，那里是唯一没有被隔板挡住的方向。墙上有一扇看起来很结实的铁门，门边安着一台机器。那好像不是读卡器，而是指纹认证装置。门上用日语写着“数据保存库”，但跟室内的气氛不太相符。那里保管的应该是物理数据吧。如果外部人员想侵入，首先要设法通过读卡器走进那个房间，还要瞒着房间里的员工打开指纹认证的电子锁。至于电子数据，则有连圭司都承认“要花时间才能黑进去”的安全系统守护着。

“那个，你有事吗？”

有人叫了他一声。旁边那个四十岁上下的女性靠在椅背上，仰着身子看向祐太郎。那个角度能越过祐太郎看到电脑屏幕，于是他慌忙拉开椅子，走出了隔间。

“啊，那个，日下部先生叫我在这里等他。”

“等他？”

“那个，是资料。我来找他拿资料。”

“资料？啊？那日下部先生呢？”

“哦，他在洗手间，好像是紧急事态。他给我开了这里的门，叫我在座位上等着，自己则跑到洗手间去了。”

“啊，是吗？不过，嗯？资料？你是哪里的人？”

他瞥了一眼手上的手机。只过了四十秒。

“我们公司委托这边做数据解析的。”

祐太郎挺起胸膛，展示自己的访客证。

“客户怎么会到这里来？欸？我们这边的业务负责人是谁？”

“呃，业务那边的名字我不太知道，因为都是别的部门在管那边的沟通。”

“别的部门。啊，是吗？那个，您能给我一张名片吗？”

“哦，名片。名片是吧？嗯……啊啊，好的。当然。”

祐太郎想起自己有名片，就从公文包里取了出来。

“IT 工程公司。”

她好像已经不打算掩饰自己的怀疑了。不过用自己的电脑检索了公司名称，看到正常的主页后，她似乎有点信服了。

“你们是搞网络的？”

“啊，是的，嗯。”

“结果跑来跟我们合作？”

“对，虽说如此，具体委托内容我不能透露给您。”

“是吗？”

她看着祐太郎，拿起旁边的电话，按了两个按键。

“前台吗？我是系统三科的宫下。辛苦了。我们这边来了一位客户，麻烦你确认一下好吗？”

他偷瞥了一眼手机，已经过了两分钟。再看电脑屏幕，窗口已经消失了。要是拔掉仪器冲出去，离开这个房间可能没问题。可是现在内线连着前台，就算出了这个房间，保安肯定也会在公司门口守株待兔。即便他能躲过去，电梯也不一定停在十五楼。在他傻等电梯的时候，别的保安可能会赶过来，他也可能被这里的男性员工围住。

“啊，不是。不是这样的……对，就是访客……是的，啊，是我们这边的日下部。”

看来只能赌一把电梯在十五楼了。祐太郎趁那人移开目光的间隙，伸手拔掉了电脑上的仪器，放进口袋里，拿起公文包准备离开。就在那时，他的手腕被抓住了。

“我正在确认。”

女人伸出空着的左手，用意想不到的力量紧紧攥住祐太郎的手腕。

“能请您稍等片刻吗？”

她的措辞虽然很恭敬，语气却不容反驳，而且她似乎不打算松开手了。如果甩开手，从背后抓住她的脖子，拇指根部用力压住颈动脉，能否让她无声地晕过去呢？

应该可以。或者说，他只能这么做。

就在祐太郎下定决心要行动时，他听见了一个声音。

“啊，宫下，怎么了？”

是日下部。他的外套搭在手臂上。跟日下部一起过来的男人只看了祐太郎一眼，就走过去进入了同一排的另一个空隔间里。

“怎么回事？”

日下部又问了祐太郎一句，然后难以置信地看着攥住他手腕的女性。

“啊，冲掉了吗？”祐太郎说。

“哦，是的。托你的福，都冲掉了。”

她放开了祐太郎的手。电话那头好像有人说话了，于是她回答道：

“啊，是访客吗？好的，这样啊。”

她看了一眼手上的名片，确认了姓名和公司，似乎有点犹豫，但又觉得好像没必要追究到那个地步。

“我知道了。不好意思，我这边也确认完毕了。给你添麻烦了。”

她挂掉电话，对日下部冷冷地说。

“这里不好让外部人员进来吧。如果要见面，请在会议室见。”

日下部正要反驳，祐太郎抢先低下了头。

“实在是不好意思，我下次绝对不会了。”

他点头哈腰地道了歉，那人虽有不满，但还是回到了自己的工作中。

“不好意思，请过来一下。”

祐太郎不待日下部开口，就推着他走向了屋外。趁日下部的目光移开，他把手伸向隔壁女员工的桌子，拿走了自己的名片。

“我自己不太够用。”

他笑着说完，把名片塞进了口袋。女员工表情阴沉，但没有说什么。然后，祐太郎再次催促想回过头来的日下部，把他推到了屋外。

“你要我到这儿来干什么？”

“给您这个，掉在刚才的桌子下面了。”

祐太郎交出了员工证。

“我想给您送过来，就找到名片上的部门等着了，不过现在仔细想想，这样日下部先生不就进不来了吗？对不起，我应该在外面等才对。”

“啊，是吗？谢谢你了。”

日下部接过员工证，压低了声音。

“旁边那个女的平时就很烦人，尤其跟我合不来。要是她招惹你了，那我给你道声歉。”

“哦，不用，没什么。没关系的。”祐太郎笑着说。

要是日下部回去跟她谈上两句，可能会冒出很多疑点。尽管他们交谈的可能性很低，但并不等于是零。他得趁现在离开这里。

“那我先告辞了。”

“好。”

日下部点点头。祐太郎转过身，尽量不让人看出自己的匆忙，朝门口走了过去。

3

祐太郎回到事务所，一个篮球落在他面前。他拍了两下，扔给圭司。

“怎么样？你看到 AMADA 医疗服务的数据没？”

“系统是进去了，不过九年前的分配表已经被删除了。那里面还保留着以前更早的分配表，所以肯定是某个人挑出九年前的数据手动删除掉了。”

圭司把篮球放在腿上，飞速推动轮椅前进。祐太郎眼看着圭司冲过来，又突然消失了。他忍不住向后躲闪，却看到圭司来了个急转弯，把球扔了出去。篮球在空中划出一道弧线，打中门顶的圆圈，落了下来。祐太郎接住篮球，又扔给圭司。

“那些数据还原不了吗？”

“凭借人类现在的电子技术，几乎不可能。”

圭司把球保持在轮椅旁边，一边运球一边说。祐太郎顿时感到浑身无力，倒在了沙发上。

“那不就没证据了？”

“那倒不是。当时的邮件还留着。”

祐太郎撑起脑袋。

“邮件？”

圭司把篮球扔给祐太郎，推动轮椅前进。

“包括给室田的邮件在内，日下部即使是私事也会使用公司的邮箱。”

圭司来到他的老位置上。祐太郎也扔掉篮球，走到了办公桌前。

“可那不是九年前的事情吗？”

“AMADA 医疗服务公司的邮箱服务器会无限期保存所有邮

件。这类企业通常都是这样的。”

“是吗？”

祐太郎一直有个先入观念，就是电子数据很容易被删除。

“那上面还保留着他跟室田的联系吗？比如请他偷换紧急密钥之类的？”

“那两个人还没有傻到用公司的邮箱来谈不正当交易。其实那个时期，他跟室田一次都没有联系过。反倒是跟一个叫富坚的人有来往。”

“富坚？那是什么人？”

“姐夫。日下部姐姐的丈夫。”

“他跟姐夫用邮件联系有什么可奇怪的？”

“在此之前，两人从未用邮件联系过。可就在你妹妹去世三个月后，也就是九年前的十一月开始，他们突然开始用邮件联系了。”

“那不是巧合？”

圭司塞给他几张纸，意思好像是直接看更快。那上面印出了按时间排序的邮件交流。第一封邮件是“富坚达彦”发送给日下部勋的。

“你打电话跟我商量的事情，我这边没办法应付。我可以给你介绍 PMDA 的人，但应该派不上用场。目前正在跟一位认识的老师商量，你稍等几天。”

二十分钟后，日下部发出了回复。

“我不想给达彦哥添麻烦。我干了件蠢事，上回那件事你就当没听过吧。”

后来为了转移话题，日下部讲了讲最近的天气，又询问了富坚的妻子“彩”，也就是他姐姐的近况。彩的身体好像很弱，邮件中出现了心疼的话语。祐太郎把邮件看了两遍，确实能看出日下部不希望姐夫牵扯到“那件事”的焦躁。九年前的感情竟如此鲜明地保存在电子数据中，让他突然感到有点奇怪。

“你为什么觉得这封邮件跟铃的治验有关系？”

“因为 PMDA。”圭司说，“上面不是写着吗？”

“啊，嗯。PMDA 是什么？”

“医药品医疗机器综合机构[1]。那是厚生劳动省管辖的独立行政法人。因为厚生劳动省没有直接监督治验的部门，国家实际上是通过 PMDA 这个机构来管理治验的。里面大多数上层都是厚生劳动省派遣过去的人，同时也展开治验相关的咨询业务。从时期来考虑，‘那件事’极有可能是指你妹妹的事情。”

“上头好可怕啊。”

他想起了父亲的喃喃自语。

“厚生劳动省。那个富坚跟厚生劳动省有关系？”

“对，我查了一下，很快就查到了。”

圭司又塞过来一张纸。他接过来一看，是九年前厚生劳动

1 英语全称为“Pharmaceuticals and Medical Devices Agency”。

省的干部一览表。上面赫然写着“富坚达彦”，头衔是厚生劳动审议官。

“审议官权力很大吗？”

“是排在事务次官下面的职务，相当于厚生劳动省的二把手。”

“原来这么大啊。”

“当时在厚生劳动省提倡振兴新药研发的人，好像就是富坚。”

妹妹死在八月。就在呆滞的家人好不容易快要接受妹妹的死亡时，她的主治医师找上门来，告诉他们妹妹的死存在疑点。于是双亲请了律师，要求医院公开信息。那是十月的事情。

“日下部见我爸妈开始闹事，心里一急，就找富坚这个厚生劳动省的大官商量了。”

“对，应该就是这样。而富坚出于立场也不能对此坐视不管。那是新药治验过程中发生的事故，而且还是初中女生死亡事故，必然会引来社会的关注。那说不定会影响到自己提倡的振兴新药研发政策。”

“因为利害关系一致，所以他们勾结起来了？”

“没有。”

在圭司的催促下，祐太郎翻了一页，是富坚发给日下部的邮件。他一开始感叹了年尾的匆忙，最后极为低调地补充了关于“那件事”的话。

“那件事我找认识的老师问了，看来极有可能往不好的方向发展。目前我正在考虑对策。”

收到邮件一个小时后，日下部试图用强硬的口吻阻止富坚。

“您怎么能把事情带到外部去呢？真的请您忘掉那件事吧。”

莫非他虽然找富坚商量过，却并不打算依靠他吗？日下部在这里又提到了富坚的妻子“彩”。

“要是给达彦哥添麻烦，我就太对不起彩了。哪怕是为了彩，也请您忘记这件事。”

那是接近恳求的文字。

后来，富坚就没有再发送过邮件，而日下部则连续发了三次邮件，确认他真的没有为“那件事”做过任何行动。

再翻到下一张纸，终于看到了富坚给日下部的回复。

“勋君，你也把那件事忘了吧。今后无论发生什么事，都跟你没有关系。”

“从那以后，两人之间的电邮联系就中断了。”

要是收到这样的电邮，肯定会震惊得直接打电话吧？要不然就是直接去见面。

祐太郎说出了这个想法，圭司也点点头。

“事情恐怕就是这样的。然后两人之间达成了某种共识。”

富坚最后发出的电邮，时间是八年前的二月。祐太郎想起了那个时期的事情。

医院在他父母要求下给出的信息，跟他们公开发布的信息一模一样，实在让人难以接受。于是父母和律师制定了一个方针，就是通过起诉医疗过失并要求赔偿，来搞清楚治验的真相究竟是什么。

“我记得就是跨年之后，到了这个时间，我父母正式开始准备诉讼。很快，针对我们家的各种侵扰就开始了。”

“那两个人达成的共识应该就是让死者家属放弃诉讼吧？不，从邮件内容来推测，应该是富坚主导，日下部默认的形式。”

“应该是了。”祐太郎点点头。

从夫人说的话中想象出的室田和久，到实际出现在眼前的日下部勋，尽管他知道这些都是企图让妹妹的死变成病死，并将此事低调埋葬的人，可他还是不认为这两人是彻头彻尾的大坏蛋。想到当时自己一家人遭受的丑陋恶意，这些面孔都显得太平庸了。

“就是这家伙。”

祐太郎目不转睛地看着纸上的“富坚达彦”。

“当时站在我们一家人面前的，就是这家伙。”

祐太郎突然想起了什么，翻回最前面那张纸。

“正在跟一位认识的老师商量。”

他有点在意这句话。

“这个老师是谁啊？相和医大附属医院的人吗？不，应该是更厉害的人物，比如医师会的干部，或者说跟制药产业有关联的医生？”

“不知道，这个还没查出来。”

“我要怎么找到这个富坚达彦？”

“他住在横滨。”

“横滨？”

圭司操作台式电脑的鼠标，把其中一个屏幕转向了祐太郎。上面打开了邮箱程序，显示着“名单 & 关系”公司发来的邮件。那好像是固定范本的回复。

“您所咨询的对象住址。”

旁边写着横滨市中区开头的地址。

“这是啥？”

“只在网上营业的类似花名册的信息公司。我找他们问了富坚达彦的住址，然后自己也在网上捞了一遍信息。不愧是厚生劳动省曾经的二把手，我找到了不少个人信息。富坚现在六十五岁。他五十八岁从厚生劳动省退休，空降到了创立大型制药公司的智库去担任所长，不过四年后也退休了。这三年来，他并没有什么显眼的活动。”

“他现在住在这个地址吗？”

“不知道。我用日下部的名义和邮箱地址发了一封带病毒的邮件，要是事情顺利，就能入侵富坚的电脑。我会试着把富坚的信息都套出来。”

祐太郎决定出去买晚饭，想一直等到圭司把事情做完，结果圭司忍不住笑了。

"我们又不知道富坚什么时候查看邮件。你的心情我理解，不过今天还是先回去吧。有消息我马上通知你。"

回到位于根津的家，玄关门没锁。他以为遥那来了，可是门里却摆着一双陌生的男鞋。

"爸？"

他一边脱鞋，一边对屋里喊了一声。他从未确认过父亲是否还拿着钥匙，不过这里以前毕竟是他家，就算有钥匙也不奇怪。可是，屋里并没有回应。

他带着疑心拉开纸门，发现矮桌前坐着一个不认识的男人。

"哈？"

他愣了一下，忍不住叫出了声音。

"欸？你谁？"

那人看着五十几岁，个子挺小，一脸痘疤。

"你回来啦。"

男人平静地应了一声，怀里还抱着老玉。猫看见祐太郎，试图从男人怀里挣脱出去，但被紧紧抱住了。他左臂扣住老玉，右手则轻抚它的喉咙。

男人用目光命令他坐下。这人脸上虽然挂着笑容，目光深处却透着冰冷的意志。

祐太郎也瞪了他一眼。

抚摩老玉喉咙的手停在了抓握的姿势。老玉被迫抬起下巴，不高兴地看了男人一眼，然后扭过头看向祐太郎。

祐太郎盘腿坐了下来。

男人又开始抚摩老玉的喉咙。

两个人沉默了一会儿。

男人“咯咯”地弹着舌头哄老玉，继续抚摩它的喉咙。祐太郎盯着他，暗暗观察家中的情况，好像没有其他人。

“真柴祐太郎。”过了一会儿，男人开口道，“听说你是给点零花钱就什么事都能做的跑腿人？”

“现在我不干那种活儿了。”

“那你在干什么？”

“跟你没关系吧？”

“发生在自己身边的事情，其实很少会跟自己无关。要是你觉得没有关系，那是因为视野太狭窄了。”

“我要做饭，你赶紧放了老玉，报上名字，说有什么事。按照这个顺序快点搞完。”

男人没有放开老玉。

“过去啊，猫都是放养的。现在倒要把猫关在家里，你说，它们不会感到无聊吗？”

男人砰砰拍起了老玉的头。

“再说了，家里不一定比外面更安全啊。”

他继续拍着老玉的头。老玉缩着脖子，任凭他拍打。

“比方说，万一房子着火了怎么办？这是个老房子，应该能烧得很旺。再加上最近天气这么干燥。要是在外面浇上灯油点火，肯定能一下烧遍整座房子吧。到时候可就什么都给烧没了。你说是不是？”

男人还在拍着老玉的头。

“你找我有什么事？”

“我不是得先把猫放了，然后报上名字吗？”

老玉终于躲开了那只不断拍它脑袋的手，脖子往后一缩，张口就咬住了落到眼前的手掌。祐太郎差点幸灾乐祸地笑了起来。可是男人一声都没吭，只是皱了皱眉，目不转睛地盯着咬住自己手的老玉。老玉也恶狠狠地盯了回去。一人一猫对峙了片刻，是老玉先服输了。它露出尴尬的表情，松开了男人的手。被咬的地方渗了点血出来。男人把手放进嘴里含了一会儿，又若无其事地拍起了老玉的头。

“我找你不是有事，而是有个请求。”

说完，男人又歪着头改变了想法。

“不，应该叫建议吧。没错，是让大家都幸福的建议。”

“建议？”

“真柴祐太郎，你马上停止现在做的所有事情。”

“哈？”

“再继续下去也没有人会得到幸福。不仅如此，可能大家都会陷入不幸。”

“大家？”祐太郎说，“室田、日下部……啊，还有富坚。

是富坚达彦派你来的，对吧？”

他在日下部的公司给日下部的同事递过印着“真柴”的名片。他本希望这件事不会传到日下部耳朵里，看来是传到了。于是日下部又联系了富坚，富坚就派人来了。

“是谁派我来的并不重要。你正在做的事情会让大家陷入不幸，这个更重要。”

“大家是指谁？日下部和富坚吗？”

“真柴祐太郎，你的视野还是太狭窄了。你以前是不是被称作接散活儿的小跑腿？难怪啊。”

“不是被称作，是我自己这么说的。”

“哈！”男人笑了，“自己贬低自己，那真是没救了。器量太小。”

“到底是谁因为一个器量太小的男人时隔九年有所行动，就吓得瑟瑟发抖了？”

“谁也没有被你吓到。”

“放开老玉，滚出去。”

他话音刚落，那人就把手掐在了老玉脖子上。跟刚才不一样，这次他手上使了力气。老玉翻着白眼在男人手中挣扎。祐太郎想扑过去，男人却抢先一步站起来，跟他保持了距离。

“你坐下。”

男人抬起掐住老玉的右手将它夹在体侧。老玉惨叫一声，四肢拼命摆动。

“坐下，思考，掰手指头。按照这个顺序赶紧搞完。你老爸跟新老婆生了两个孩子，现在分别是六岁和三岁。你老妈最近总算被再婚对象带来的孩子喊妈妈了。对不对？你妹小时候的玩伴现在还隔三岔五到这儿来吧？我看看，你掰了几个手指头？除了这只猫，你还有多少弱点？”

祐太郎死死咬住牙关。老玉瞪着眼，在空中拼命抓挠。他实在忍不住了，猛地站起身来。那个瞬间男人就放开了手。老玉掉在地上，重重喘了口气。祐太郎跑过去，它痛苦地呜咽一声，摇摇晃晃地想要站起来。于是祐太郎把老玉抱进了怀里。

“是你吗？”

祐太郎抱着气喘吁吁的老玉，死死盯住那个男人。

“九年前给我们一家找麻烦的，也是你吗？”

男人歪嘴笑了。

“是富坚给你下的命令？”

“怎么又回到了那个问题上？真柴祐太郎，你说话多用点脑子。那不是正确的提问。”

“正确的提问？你到底要我问什……”

男人摇摇头打断了祐太郎的话，然后说：

“收手吧。这是最好的选择，尤其是对你。”

男人转过身，打开了纸门。

“啊，你给我等等。”

祐太郎把还在咳嗽的老玉小心地放到地上，然后追了出去。

他刚跑到走廊上，男人已经关上了大门。

“站住！”

他迅速套上运动鞋打开玄关门，突然闻到一股扑鼻而来的焦臭味。他看向气味传出的方向，发现外头的走廊底下冒出了浓烟。

“你开什么玩笑！”

男人走了出去。祐太郎想追，但是不能追。他趴在地上看了看外廊底下，里面有东西在烧。

“啊，真是的！”

他把靠在外墙上的扫帚倒过来拿着，将着火的东西从外廊底下钩了出来。那是一团淋了灯油的破布。他踩了好几脚才把火熄灭，然后跑到家门口的路上左右张望，可是男人已经不见了。

回到家中，老玉还趴在祐太郎把它放下的地方。他以为老猫在生闷气，但并非如此，因为它喉咙里冒出了嘎嘎的声音。

“你没事吧？”

祐太郎坐在旁边，低头观察老玉的脸。老玉站起来，前脚搭在了祐太郎腿上。

“哦，你要来吗？”

祐太郎把它抱到腿上，老玉似乎安下心来，把自己蜷成了一团。不过它嗓子里的嘎嘎声还没有止住，不时还痛苦地咳嗽两声。祐太郎轻轻抚摩着它的背。

过了一会儿，嘎嘎声慢慢平息下来。祐太郎松了口气，同时非常愤怒。

刚才那个人肯定是富坚派来的。

“黑帮吗？”

他咕哝了一声，然后摇摇头。被公安登记在册的暴力团伙中，他也认识好几个人，不过刚才那个人应该不是那个道上的。现在黑帮早就不会威胁别人了，而且这件事的开端是九年前。如果是黑帮，负责人肯定换掉了。那个男的并非组织成员，而是单独行动。莫非是专门给富坚干脏活儿的秘书吗？

不一会儿，老玉开始打呼噜。祐太郎左手轻抚老玉的背部，右手掏出手机，给遥那发了条信息。

“我要离开家一段时间，能帮我照顾老玉吗？”

现在刚过晚上八点，遥那可能还在上班。不过，祐太郎很快就收到了回复。

“OK。虽然不知道你要去哪里，不过记得带礼物回来。”

“带什么，中华街的烧卖吗？”

祐太郎苦笑着喃喃了一句。他小心翼翼地抱起老玉放到地上，没有吵醒它。

他上二楼做了点准备，犹豫了一会儿要不要联系圭司，最后决定不联系了。这次可不像平时那样顶多背个私闯民宅的罪名，有可能会是暴力伤人。他并不打算让事态发展到杀人罪的地步，可他自己也拿不准。祐太郎完全无法想象自己见到对方会产生什么冲动。他不想把圭司也卷进犯罪中。

他先后乘坐地铁和私铁往横滨方向进发，下车后上了一段长长的坡道。途中许多住宅都装饰着夸张的圣诞节彩灯。

富坚的房子坐落在俯瞰港口的高地上。白色方形建筑在刚建成时可能散发着摩登的气息。然而现在经历了老化，过于简约的造型反倒成了败笔，显得呆板而缺乏感情。要是房子再大一点，搞不好就像一座研究所了。他隔着栏杆看向庭院，发现里面的草坪和花草树木都很久没有人打理。那座房子前方是一座和式住宅，后面则是一座旧公寓。

他戴上穿在飞行员夹克里的风衣的帽子，走进了公寓大门。然后，他径直穿过电梯间，走向楼梯间，并打开窗户爬了出去。栏杆里面的富坚家很安静。二楼窗户透出了灯光，一楼则全部黑着。听不到人声，也听不到水声。祐太郎查看了两边的情况，翻身越过栏杆。底下铺着防盗用的沙砾，只要一踩，就会发出声音。于是他扒着栏杆，顺着水泥基座绕到房子后面。

一些住宅即使在大门安装了防盗性能极高的门锁，却往往不会太注意后门。富坚家显然没有傻到用圆盘锁或销钉锁，用开锁工具很难打开。不过门和门框之间有一道缝隙。祐太郎从背包里拿出铁丝，伸到门板内侧摸索。他很快就找到了长条形门把，随即打开后门，收起了铁丝。从拿出到收回，总共花了不到两分钟。

他把门开了一条缝，里面好像没有反应，也没有亮光透出来。于是他又把门缝开大了一点，从缝里溜了进去。周围一片黑暗。他摘掉兜帽，从背包里拿出笔形手电筒查看了一下情况。他所处的地方是厨房，旁边就是水槽和灶台，料理台另一头则摆着餐桌。周围没有人。祐太郎穿着鞋走了进去。

餐厅有两扇门，其中一扇通往宽敞的起居室。祐太郎打开另一扇门，顺着走廊前进。他来到了正门。接着，他躲到了旁边的楼梯底下竖起耳朵倾听。房子里有弦乐器的声音。好像是有人在楼上播放 CD。

他轻手轻脚地走上楼梯。

二楼有四扇门，其中一扇透出了灯光，还有模糊的说话声。祐太郎关掉手电筒摸过去，再次仔细倾听。房间里传出了抒情的弦乐旋律，还有男人的声音。

“啊，是吗？这是第二乐章。只要第一乐章就够了？也对啊。”

男人笑了笑。

“毕竟这么长，简直是交响乐了。不过还是要听第二乐章。很多人都说这首曲子的灵魂在这里。你静静地听。”

随后男人便沉默下来，舒缓的旋律仍在继续。祐太郎觉得那个旋律虽然舒缓，却孕育着某种紧张感。

“对，从这里开始。”

男人话音刚落，刚才那个旋律创造的平稳世界就崩塌了。

乐声化作强烈的感情旋涡，在祐太郎耳中回荡。那个调子无比激昂悲切，让他忍不住想捂住耳朵。

瞬间震撼了祐太郎的旋律，不久之后又好像什么都没有发生过一样，变回了舒缓的调子。

“怎么样？”

男人的声音问道。没等对方回答，那人继续说道：

“我觉得刚才那一段应该是死亡。这位两个月后将要死去的作曲家，用即将熄灭的生命之火换来了将死化为音乐的自由。”

是吗？既然如此，刚才那魔术一般的旋律也就能够让他首肯了。

想到这里，祐太郎觉得这样想的自己很好笑。

可能因为紧张有所缓解，他背靠的墙壁突然嘎吱一声。祐太郎屏住了呼吸，并感觉到门另一头的人也屏住了呼吸。

“外面有人吗？”

声音还没有靠近房门。他应该立刻离开，躲藏起来，可是身体却不听使唤。

祐太郎感到男人走向了房门。那扇门很快就要打开，他一定会看到自己。虽然脑子里这样想，身子却还是动弹不得。不需要思考为什么，因为那人是富坚达彦。他已经不想从富坚面前逃离，不想再躲躲藏藏了。

真是个笨蛋。

他自己也这样想。要是被富坚发现，那肯定会被警察抓走。

好不容易摸进他家里来，却什么都没得到，还要被带到号子里去。

眼前那扇门开了。富坚可能对自己听到的声音有点半信半疑，所以看到祐太郎时，惊讶地往后退了一步。

以他这个年龄来说，富坚应该算是高个子了。他年轻时可能搞过什么运动，只见他肩膀宽厚，体态健壮。他头上只有周围一圈白发，头顶秃了一大片。可能因为生活节制，他的脸形和体形都没有松弛的模样。

富坚踉跄着后退了几步，很快站稳了身子。他仿佛镇守在房间门口，盯着祐太郎。

“强盗？”

见祐太郎不说话，富坚又说。

“小偷？既然如此，那我就把所有现金给你吧。我当然会报警，不过可以等到你离开后。”

“钱……”

祐太郎动了一下，富坚马上摊开手挡住了他。

“别碰我。要是对我使用一点暴力，你就是抢劫犯了。钱我可以给你，你拿了马上离开，听到没有？”

他的语气不容置疑，但并不具有威胁性，也不显得强人所难。不愧是厚生劳动省曾经的二把手，祐太郎不合时宜地感慨道：当领导的人原来是这样的啊。

“我去拿钱，可以动吗？”

“我不要钱。”

富坚眯起了眼睛。

“那可让我为难了。除了钱我没有东西可以给你。”

“如果我说，我是来杀你的呢？”

“是吗？”

“我觉得没什么问题。”

富坚目不转睛地观察着祐太郎的表情，然后露出了温和的笑容。

“要是因为觉得没什么问题就被人杀掉，我就死也死不痛快了，你不也得不到任何好处吗？让我去拿钱吧。为了保险起见，我在楼下柜子里放了五十万左右的钞票。”

富坚指了指他的方向，仿佛在请求经过他身边的许可。

“我不要钱，你回房去。”

房间里还有一个人。距离这么近，那人不可能察觉不到异常。尽管如此，那人还是一直都没说话。

“你不要进来，我们到别处说话吧。”

“哈啊？”

祐太郎一把抓住富坚伸过来要推他胸口的手腕，以对方的手肘为支点往上一拧。富坚忍不住跪倒在地，于是他走了进去。

这个十五平方米大小的房间里摆着一张大床。那是一张看护用床，上半部分还升了起来。床两边放着貌似医疗器材的东西，但是并没有连在人身上，因为床上没有人。器材都没通电，指示灯都灭了。在这片仿佛时间静止的光景中，唯独弦乐器的旋律在流动。

“你想干什么？”

富坚站起来向他靠近，把手搭在了他肩膀上。

“如果你不是小偷，那到底来干什么？”

祐太郎也一直在思考这个问题。自己到底来干什么？自己到底想得到什么？

两人的目光纠结在一起。

或许，自己是希望这个人优哉游哉地活着。

祐太郎意识到。

自己希望这个人优哉游哉地活着。要是看到他这样活着，自己就能对他做任何事了。可以诘问，可以殴打，甚至把他杀掉。

“真柴。你对这个姓有印象吗？”

祐太郎一开口，富坚就瞪大了眼睛。

“真柴……你就是那孩子的……”

祐太郎推开了富坚的手。

“她哥哥，真柴祐太郎。”

“是吗？”

富坚点点头，茫然地向后退去，颓然坐在墙边的沙发上。

“原来如此，这样啊。”

他又点了一下头。

“你确实有杀死我的资格。”

那既不是反击，也不是抵抗，更不是辩解。可是他的态度反倒让祐太郎更烦躁了。

“你也坚持了你的信念，对不对？”

祐太郎说完，富坚抬起了头。

“你知道多少？”

他并没有表现出问清底细然后推脱的意图，于是祐太郎如实回答了。

“治验过程中，我妹妹因为药的副作用死了。治验责任医生室田为了隐瞒这个事实，找到高中同学日下部偷换了紧急密钥。我的父母着手调查真相后，日下部情急之下找你商量了善后对策。当时你在厚生劳动省推动国内的新药研发，于是你就派人搅黄了我父母的诉讼。”

富坚摇摇头。

“不对。哦不，如果单说发生的事情，或许确实如此。但是不对，不是这样的。”

他毫无意义的呓语让祐太郎更烦躁了。

“哪里不对了？”

祐太郎大声问道，富坚则用疲惫无力的话语做出了回答。

“隐瞒死亡事故，推进新药研发，这都不对。其实更……真要说的话，其实这是更私人的问题。”

说着，富坚长叹一声。

“更私人的问题？”

富坚颓然地盯着地毯看了一会儿，然后缓缓抬起头。

“事情的开端并非你妹妹的死，而是更早以前。”

“更早以前……”

“治验是有可能死人的。既然那不是治疗，而是治验，就有可能发生死亡事故。”

“所以患者死了也无所谓吗？我妹妹的死是不可避免的吗？”

“不对，我不是那个意思。你妹妹的死是个不幸。我要说的是，我根本没必要隐瞒她的死因。对参与治验的所有人来说，都没有必要隐瞒她的死因。家属肯定会悲伤，肯定会愤怒，但治验的本质就是如此。我们已经事先获得过同意了。我们早就通过文件和口头详细说明了可能发生的不好的事情。你的妹妹和双亲，是在那个前提下决定参加治验的。”

祐太郎也知道。

“治验对象的死亡事故虽然并不频繁，但也并非绝对不会发生。为了在那种情况下有理可依，医院会请治验对象签署内容严谨的同意书，并且购买了保险，以应对万一出现的死亡事故。对医院和制药公司来说，你妹妹的事故都不应该隐瞒。”

“那为什么……”

“所以我说了，那是因为更私人的问题。”

“什么意思？”

富坚又垂头丧气地看了一会儿地毯，然后声明了一句：“这是我听勋君说的。”

九年前的某天，室田走在医院里，看见一个满脸不高兴的少年坐在医院长椅上。他可能生病了，心里不舒服。室田想到这里，突然心血来潮，坐到少年旁边问起了情况。

“你怎么了？一脸不高兴的。”

当时，少年的妹妹正在跟父母一起听主治医生介绍治验的内容。少年则对参加治验依旧心怀犹豫。他说：

“我觉得那个挺好，可就是有种很糟糕的感觉。我觉得大家都有点高兴过头了。”

“啊。”

祐太郎轻呼一声。那是连他自己都已经遗忘的记忆。

室田突然意识到，那是自己担任责任医生的治验。自从上面严格规定必须对患者详细解释风险之后，劝说患者同意参加治验已经不像过去那样简单了。于是，室田想也没想就对少年说：

“最糟糕的情况是可能没有效果，但肯定不会变坏，所以参加治验不会有损失。”

少年听了室田的话，露出松了一口气的微笑。

“是吗？那就好。”

后来，少年的妹妹参加了治验，却在四个月后因为药的副作用去世了。室田当时准备立刻以责任医生的身份采取必要行动，可是就在他走出病房时，患者的哥哥却拦在了面前。他对室田说：

“你不是说最糟糕的情况就是没有效果吗？我都对那家伙说了，她不会死的。”

“我说过那种话？”

“对，你应该说过。不记得了？”

祐太郎摇摇头。

当时发生的事情让他备受打击，祐太郎记不清楚自己后来究竟做过什么行动。他只记得曾对在场的医生和护士大喊大叫。

“CD……”祐太郎说，“能关掉吗？”

富坚从沙发上站起来，拿起架子上的遥控器，关掉了播放器。弦乐器的声音戛然而止，富坚在一片静寂中说了下去。

“参加治验的意愿确认由主治医生对患者和监护人展开。室田对患者哥哥说的话只算是闲聊，并非正式发言。然而，一旦那个谈话被公开，室田必定会遭到严厉处分。虽然不至于被剥夺医生执照，但大学医院肯定是待不下去了。”

“那点责任他都承担不起吗？”

“室田有个将来想培养成医生的儿子。在那个儿子面前，室田希望自己一直是个优秀的医生。”

“就因为这个？他就因为这个，隐瞒了铃的真正死因？”

富坚把遥控器放了回去，然后慢慢走回沙发旁坐下。

“一般来讲，这种事情是做不到的。可是当时正好具备了能做到这种事情的条件。”

“日下部勋，对吧？”

“没错。在勋君的协助下，你妹妹的死被处理成了跟治验毫无关系的死亡。可是过了一段时间，你们一家人开始怀疑了。你们开始寻求真相。”

“于是你就登场了。”

“我听了勋君的话，才知道你妹妹的死原来是治验事故。一旦家属提起诉讼，室田和勋君的所作所为就会被曝光。我们讨论过能否用保密义务的借口隐瞒下去，但认为这十分困难。再这样下去，那两个人的罪行就要败露了。我希望能避免那个局面。”

“因为你在推进新药研发，让医药品成为国家的成长产业之一。那样会妨碍到你的工作，对吧？”

“没错，那也是原因之一。死亡事故没什么好说的，但造假就不行了。这事一旦曝光，日本的新药研发事业必定会遭到严厉批判。届时别说促进新药研发，连药剂审批都有可能变得更为缓慢。”

“所以你帮忙了。”

“可是那只是次要理由。我之所以帮忙，主要是出于私人原因。我不希望勋君遭到非难，从而影响到勋君的姐姐，也就是我的妻子。”

“姐姐？你的妻子？她为啥会遭到非难？”

“你认为勋君为什么帮室田？”

“因为室田去求他了啊。难道不是被钱收买了吗？”

“他没收钱。勋君听了室田的话，应该说是很积极地偷换了紧急密钥。”

“为什么？”

“因为他姐姐，也就是我妻子罹患了难以治愈的疾病。”

富坚的视线瞥向那张床。祐太郎也忍不住看了过去。

“那是一种神经疾病。她在结婚前就已经出现步行困难了。勋君很担心她姐姐，进入医疗数据的公司就是为了有朝一日能参与制作给姐姐治病的特效药。勋君之所以帮室田，是因为研发那种治验药物的制药公司同时也在研发他期待已久的药剂。那是可能对姐姐有效的新药。为了不妨碍那个药物的研发，勋君帮了室田。当然，他干了一件蠢事。如果他事先找我商量，我一定会阻止他的。可是勋君来找我的时候，他们已经隐瞒了那个治验事故，医院也早就公布了结论。要是勋君的罪行曝光，他的动机想必也会公之于众，到时候我妻子就会受到非难。不，就算不受到非难，她也一定会责怪自己。我不希望事态发展成那种样子。”

“所以你就命令自己的手下调查了我们家，还搞各种捣乱，用厚生劳动省的招牌给我老爸的公司施加压力。”

“没错，你父亲的事情是我造成的。我想尽一切办法想让你父亲不那么专心于诉讼，结果就成了那个样子。我确实感到很抱歉。”

“那铃的主治医生呢？是不是你下令把他给杀了？”

“那真的是事故，是他自己醉驾引起的事故。当然，我不能否定那有可能是因为室田封了他的口，他出于自我厌恶而间接导致了那起事故。”

“从时间上来考虑，应该说不可能毫无关系吧？那跟你们亲手杀的有什么不同？”

“对，你说得一点没错。”

“你还干了不少龌龊的事情嘛。是你手下做的决定吗？你至少会听汇报吧？那个人……”

他跟富坚对上了目光。富坚的表情让祐太郎皱起了眉。

“嗯？那不是你手下？”

“啊，不是……”

“是吗？还有别人？那个男的在听谁的命令？”

仔细一想，眼前这个富坚看起来并不像那种丑陋的怪物。祐太郎想起了富坚发给日下部的邮件。

“是‘老师’吗？对啊，你找‘老师’商量过这件事对吧。那人是谁？相和医大附属医院的人？院长？还是更大的人物？”

那人才是他在寻找的丑陋怪物。祐太郎向坐在沙发上的富坚走了过去。

“那个……我不能说。”

“说出来。你有义务告诉我。而且都说到这份儿上了，你说出来能有什么不同。”

“那人也有自己的理由。”

“你说啥？”

“那人也跟我一样，有家人生病了。而且症状跟我妻子很像，同样是行走困难。我们各自寻找治疗方法的时候，在一个医疗学术研讨会上结识，后来成了朋友。他当时也十分期待制药公司公布的新药研发，听了我的话之后，便想尽办法让你父母撤销诉讼。这对他来说也是很苦涩的回忆，所以我希望你不要追问他的姓名。”

“你到底知不知道我们一家人被他整成什么样了？”

“不知道。不，是不想知道。对不起。”

富坚深深低下了头。祐太郎走到他面前，用力扯着他的领子，强迫他抬起头来。

“制药公司可能会研发治愈自己家人的药。你到底知不知道那家伙为了这种狗屁期待下了多黑的手？因为那家伙，我们一家人再也走不下去了。我们太软弱，没错，就是这样。可即便是这样，我也绝对饶不了那家伙。你把他的名字告诉我！”

富坚噙着泪水，坚定地看着祐太郎。

“要是换成你们一家，难道不会这样做吗？”

“你说啥？”

“只要女儿能得救，只要妹妹能得救，哪怕让别人受伤也在所不惜。你们难道不会这样想吗？你们一家人难道不会寄希望于你所谓的狗屁一样的期待，寄希望于哪怕非常低的可能性吗？”

“那换成你就能原谅那家伙吗？家人真正的死因被隐瞒，你试图找到真相，却被别人下黑手把整个家都毁了。你能原谅那样的人吗？”

富坚垂下了眼帘。

“把他的名字告诉我。你能做的只有这个。”

“得病的是他儿子。他可是个父亲啊。难道不会不择手段吗？而且他……他已经不在人世了。”

听到这句话，祐太郎觉得自己还能站着真是个奇迹。一想到这是个奇迹，他就感到一阵强烈的眩晕。他用力闭上了眼睛。

“是吗？那你是去找那个人商量能不能用保密义务这个借口来保住室田和日下部了，对吧？哦，原来如此。那个老师不是医生？[1]原来是这样啊。”

祐太郎睁开眼睛。富坚迷茫地看着他。他想问富坚的事情已经不多了。

“你夫人后来怎么样了？”

“两年前死了。最后她连动一下都很困难，一定非常痛苦吧。”

1　日语中的“先生（sensei）”可用于称呼老师、医生、律师、政治家等职业的人。

“你一直在照顾你夫人？”

圭司说过，富坚这三年都没有公开活动。

“三年前，我因为一点无聊的小事闹得离职了，所以从结果来说是这样的。最后那一年，我一直陪在妻子身边。”

“是吗？”

其后的两年，他就这样生活在静止的时间中，陪伴着妻子的幻影吧。

祐太郎走向房门。

“你要走了？”

他没有回答，直接走出了房间。富坚跟了过来。

“你打算怎么办？”

“跟你没关系。从这里开始，就跟你没有关系了。”

祐太郎回答完，楼下突然传来敲门声。

“深夜打扰了，请问家里有人吗？”

富坚露出惊讶的表情。敲门声还在继续。

“我是警察。不好意思，能麻烦您开下门吗？”

“警察？”

富坚喃喃了一句，看向祐太郎。

“我没有报警。”

“我知道。”祐太郎点点头，“不是你，是别人干的。”

祐太郎走下了黑暗的楼梯，富坚也跟了过来。敲门声依旧没有停下来。

“富坚先生，您不在家吗？”

“最后一个问题。”

富坚看向祐太郎。

“刚才那是什么曲子？”

“舒伯特，《C 大调弦乐五重奏》。”

祐太郎径直穿过正门，走向后门。

“来了，我马上开门，请等一等。”

他听见富坚在跟警官拖延时间。祐太郎走出后门，顺着来路返回，从旁边的公寓走到了大路上。他瞥了一眼停在路边的警车，快步朝车站走去。

回到人生删除事务所时，已经快到深夜十二点了。他打开门，发现圭司还在老地方。祐太郎并没有感到惊讶，因为他早有预感。

“你还在啊。”祐太郎说。

“嗯。”圭司点点头，“我感觉你会来。”

“不是感觉我要被警察抓走？”

圭司只是摇了摇头，并没有刻意隐瞒。

“我一次都没怀疑过。明明离得这么近，却一点都没发现。连我自己都觉得好笑。”

祐太郎走到圭司桌前。

“是吗？”圭司点点头。

祐太郎看着圭司，试图揣测他的想法，可圭司只是淡淡地看着他，不知道在想什么。

“一切的开端是室田的死，对不对？室田死了，委托发过来了。他委托删除的是伪造铃死因的证据。圭看到了里面的内容，知道这件事一旦曝光，参与伪造死因的人会被一个接一个牵扯出来。最后，还会把某个律师恶意加害死者亲人，逼迫他们放弃诉讼的卑劣罪行也挖出来。所以圭删除了室田的数据，还决定逐个检查相关人员掌握的数据，确认是否留有不合适的东西。如此一来，你就把对自己父亲不利的东西都删掉了。相和医大附属医院的内部系统到底有什么？AMADA医疗服务的系统里到底有什么？真是有其父必有其子。你利用我四处去删除了对你爸不利的数据，对不对？你有什么辩解之词吗？说到底……”

祐太郎绕过桌子，圭司抬头看着他。那淡定的目光让他越来越气恼。

“说到底，这都是因为你的病。你还好意思坐在那里！”

祐太郎一脚踹向圭司的轮椅。轮椅向侧面倒了下去，圭司被摔到地上。他俯伏着，靠双臂的力量翻过来，把两手放在身后撑起了上半身，依旧抬头看着祐太郎。

“是啊。如果不是因为我的病，你和你的家人就不会遭受那种痛苦了。对不起。”

圭司低下了头。

“啊啊啊啊！”

胸腔深处涌起了不成言语的呐喊。祐太郎用力踩了好几脚倒在地上的轮椅。

“为什么？你要删除你爸干脏活儿的证据，干吗不找别人？干吗要找我？我到这里来不是巧合吧？是你故意让我拿到这张卡片的吗？为什么？到底为什么啊？”

他最后一脚把轮椅踹开，死死盯着圭司。

“把你引到这里来的人不是我，是夏目。”

“夏目？”

“一个信息对接收者能够产生多大的影响，这是他很感兴趣的课题，甚至有些病态。我不知道他是直接给了你还是派人给了你，总之是夏目把这里的名片弄到你手上了。”

“他干吗要做那种事？”

“可能想看我会做何反应吧。夏目就是那种人。直到看见你妹妹的照片，我才意识到这件事。”

“照片？”

祐太郎想起之前有个活儿告一段落后，他给圭司看了铃的照片。

“父亲死后，我在整理他的电脑时发现了他的所作所为。他原本从事企业法务，也承接企业的问题处理业务。为了对付一些过分投诉的股东，他手下还有专门负责处理麻烦工作的人。父亲向那个人下令把真柴家的诉讼搅黄，在他死后，我从电脑里发现了他的命令和那个人的具体行动。我当时特别错愕。因为父亲总是冷静、睿智、稳重，坚持正确的选择。对我来说，他是一个理想大人的范本。所以当我发现父亲竟然干过这么脏的事情时，感到错愕不已。父亲留下的数据中，还有那位死去的患者的照片。”

“我刚来到这里，你听到真柴这个姓，难道没觉得有问题吗？”

“父亲留下的数据中并没有真柴这个姓。你妹妹的名字和父母的名字都只有首字母缩写。至于跟诉讼无关的哥哥，则一点信息都没有。”

“你想说那只是案例吗？你对死去的患者姓甚名谁、家中有无兄弟这种事情一点兴趣都没有，对吧？”

“父亲恐怕是刻意把它处理成了一个不夹杂个性的案例吧。所以他没有记录真柴这个姓。他应该怀有很强的负罪感，所以才会一直保留着你妹妹的照片和自己犯下的罪行的证据。父亲无法删掉那些东西。”

“然后你把那些都删了，对吧？”

为了不让任何人发现，圭司独自把父亲肮脏的一面给删除了。

“电脑、手机、平板，作为一个突然死掉的人，你不觉得他把这些整理得太干净了吗？”

以前，舞说过这样的话。

“对。”圭司点点头。

“这次，你又利用我进入了相和医大附属医院的系统和

AMADA 医疗服务的系统，把上面对你爸不利的信息删掉了。然后，你又派你爸以前的手下来挑衅我，让我到富坚家去。只要我在富坚家被抓个擅闯民宅的现行，一切就能结束了。世上再也不存在对你爸不利的证据了，而嚷嚷着妹妹的信息被偷换的那个老哥，又是被抓了个现行的犯罪分子，谁也不会听他说话。”

圭司用意外的目光看着他。

“是吗？相羽到你那儿去过了吗？”

“相羽？”

“就是我老爸的手下。他说什么了？”

“别装傻了，那不是圭派来的人吗？”

“不，我已经好几年没见过他，是相羽擅自行动了。他应该是察觉到我想干什么，觉得阻止你比阻止我更快吧。”

“阻止？圭想干什么？”

“父亲死后，我发现那些数据，没有多想就立刻删掉了。随后我检查了父亲使用的所有电子设备，把不希望舞和母亲看到的数据全部处理了。里面有不少涉及灰色地带的东西，最过分的就是他对正在准备诉讼的患者家属进行的打击。他这么做是为了我，为了根本不知道能不能对我起作用的新药研发。一想到这里，我就恨不得把他的骨灰拿出来，一脚踹飞。”

圭司说完笑了笑，抬起右手揉了揉不能动弹的腿。

“而唯独这件事不能让舞和母亲知道，所以我才招聘了夏目。”

“那个夏目到底是什么人？”

“他是我学习电脑技术的大学里大我好几届的前辈，在大学非常有名，应该说，几乎成了传说中的生物。尤其是黑客技术这块儿，他已经超越了巫师，堪称恶魔路西法级别了。我找到夏目，对他说明了情况，并请他确保这次治验的信息操作绝对不会曝光。夏目听了觉得很有趣，就接受了。于是，我就成立了这家公司。”

“人生删除事务所？”

“没错。夏目一边来这里上班，一边帮我把你妹妹的治验数据遭到篡改的证据一个个都删除了。凭夏目的本事，那都不是难题。等工作完成后，我又委托夏目办了另一件事。”

“什么事？”

“参与事件的那三个人——室田、日下部和富坚。我让他想办法令那三个人彻底失去社会信誉。”

“为什么？”

“且不论日下部、室田和富坚都是拥有一定社会地位的人。他们很容易被媒体盯上，所以那两个人干过的坏事随时都有可能被曝光。于是我就要毁掉他们的社会地位，把他们驱逐到不起眼的角落。而且那样一来，就算其中一个人出于某种原因坦诚了篡改数据之事，只要他们没有了社会信誉，也不需要担心。因为能够成为证据的资料早就不存在了。夏目觉得我这个委托比上一个还有意思，于是就一丝不苟地完成了。”

“那室田导致的医院信息泄露事件是……”

“对，那是夏目干的。”

“日下部呢？”

“冤枉他在车站偷拍。有一天在车站，一名女性突然控诉日下部偷拍她的裙底。站员接到投诉，拿过日下部的手机进行检查，发现里面确实有女性裙底的照片。”

“那是怎么弄的？”

“要往电子设备里放东西比拿东西简单多了。‘如果你硬要说我在骗人，那就把手机交出来。’日下部就这样把手机交给了那名女性，女性再把手机交给站员。只要有那一瞬间就足够了。站员遵照女性的话打开相册，里面出现了日下部根本没印象的照片。接下来就是报警抓人，让日下部周围的人都知道这件事后，女性就撤销了立案要求。”

“富坚呢？对他做了什么？”

“媒体收到一份资料，说大名鼎鼎的智库以各种名目收取了报酬以外的巨额现金。虽然那并没有违法，但那种不作为报酬，而搞得好像黑钱交易的做法催生了各种揣测。第二个月，富坚就辞去了智库的所长职务。因为资料本身没有造假，所以这件事并未被深究，但是到最后应该谁也不知道那些资料究竟是怎么流出去的。”

“那个叫夏目的人就这样让三个人失去了社会信誉。然后呢？”

“没有然后，到此为止。他留下一个足球，然后不知所终了。只在不久前打了一通调侃的电话过来。”

“不过夏目，你别再管我们了。”

祐太郎想起圭司说过的话。

他看了一眼事务所，发现足球落在沙发旁边。于是他走过去，用脚尖撩起足球，拿在手上。

“to K”。

上面的字映入眼帘。

“他干吗要送足球？”

祐太郎把足球扔给圭司。圭司把球接住，看了一眼上面的字，然后扔到了角落里。

“谁知道呢？”

祐太郎觉得那是夏目的讽刺，因为圭司做这些事就是为了把碍眼的东西从视野中清除掉。除此之外，他想不到任何送足球的意义，因为圭司绝对用不上那东西。

“啊，不是，等等。”祐太郎说，“你刚才说，夏目把对你爸不利的数据都删除了？”

“对。”

“啊？那圭到底干了什么？你利用我入侵相和医大附属医院的系统，又入侵 AMADA 医疗服务的系统，到底为了什么？难道不是为了删掉对你爸不利的数据吗？”

“由于夏目搞了那个信息泄露事件，相和医大附属医院开始对信息安全格外重视。尤其是患者信息，为了防止流出，全部做了加密处理，只能用院内系统的设备来查看。现在想接触到相和医大附属医院的患者数据，只能潜入医院内部了。于是我假装患者去了一次医院，尝试从前台设备直接注入病毒，看看能否从这里黑进去查看到患者资料，结果不行。”

“去了一次医院……难道舞小姐上回很高兴地跟我说圭自己去看病了，就是指那一次？那次是为了这个？”

“对，为了这个。”圭司点点头，“AMADA 医疗服务的安全措施本来就很严密，不过三年前，他们再次升级了安全措施。那是因为一个黑客入侵了那个公司的系统。于是 AMADA 医疗服务在黑客的建议下加固了安全措施。”

“黑客是？”

“夏目。夏目按照我的委托删除了数据，为了能让系统保持在资料被删除后的状态，还把 AMADA 医疗服务的安全系统加固得万无一失。现在看来，那是个多余的举措。都是因为这个，以我这种程度的技术根本无法从外部入侵系统。要改动数据，就只能从内部设备链接上去，留下一个后门才行。我就是为了这个才让你过去的。”

“然后你干了什么？”

“我不是说了吗？要往电子设备里放东西比删东西简单多了。”

“啊？”

“室田和日下部合谋偷换并篡改了治验数据。可是，夏目已经把所有证据都消灭了。所以我重新做了一份证据，放到相和医大附属医院和 AMADA 医疗服务公司的系统里，还伪造了原厚生劳动审议官跟某个律师犯下卑劣罪行的证据邮件，一起放进去了。”

能成为证据的资料已经没有了，所以……

“你不是为了删除里面的数据……”

而是为了把假数据放进去吗?

祐太郎一时无言。

“然后你到富坚家去。警方接到报案将你逮捕。你对警察坦白去富坚家的目的。警察可能不会出动，不过一旦这事被报道出来，将有许多目光集中到富坚身上。那样一来，总有人会找到证据。”

“找到圭放进去的证据。”

“没错。要是没人发现，我还打算泄露出去。”

“可是，你虽然把地址告诉我了，也不确定我今天真的会到富坚家去，对不对？可你还是报警了吧？”

圭司白了他一眼。

“我说你啊，为啥会认为我掌握不了你手机的位置信息？”

“哦哦，手机的位置信息啊。”

圭司指了指倒在地上的轮椅，仿佛在问我能坐回去吗？祐太郎把轮椅摆正了。他不需要继续帮忙，因为圭司靠自己的力量回到了轮椅上。然后，圭司推着轮椅来到书桌前，从抽屉里拿出一个U盘，像下象棋一样“啪嚓”一声放到了桌面上。

“这里面也有我做的数据。随便你拿到电视台还是报社都无所谓。”

“可那是假数据啊。”

“有谁能发现？那些违法行为都是事实，而且只要到相应地方去找，也能找到那些数据。”

“所以你才做了这次的事情？那室田的委托是假的啦？他根本没签什么删除委托，而是圭瞎编的吧。”

“你有权知道九年前究竟发生了什么，也有权制裁参与那件事的人。室田、日下部、我父亲，还有我。”

圭司摊开手心，仿佛在示意话题到此为止。

“随便你怎么处置，我就在这里等着。无论你干什么，我都不会怨恨。”

祐太郎看了一眼桌上的U盘，拿起来，用力握住。他不知道该说些什么，只感到心中的强烈冲动失去了出口，在体内激烈地盘旋。圭司盯着桌面，并不看祐太郎。祐太郎举起握着U盘的拳头，狠狠砸了一下桌子，转身离开了事务所。

祐太郎去了车站，电车已经没了。他实在不想坐在狭窄的出租车里，便朝根津方向走了起来。

可能因为接近年尾，午夜零点过后，公路主干线上还有许多车辆。冰冷的风迎面吹来，祐太郎把双手插进了飞行员夹克的口袋里。他右手还紧紧握着那个U盘。他该用U盘做什么？他现在连想都不愿想。本来决心揪出来的敌人，竟不是他心里描绘的丑陋怪物。

走了大约一个小时，祐太郎回到在根津的家，发现里面透出了灯光。

“哎呀，祐哥。”

他走进屋里，发现遥那正站在矮桌上往墙壁高处挂彩条。

“欸？你不是要离家一段时间吗？”

“事情结束得比预期要早。”

祐太郎担心一直对着她的目光会被猜透心思，就转开视线看了看屋里。

“好壮观啊。”

和式房间的墙上挂满了各色各样的彩条。

“怪得让人惊叹。”

“别这么说，是你这个房子的和风太纯粹了，所以我都没把圣诞树弄进来。”

他感觉到视线，便朝那边看过去，发现老玉趴在厨房里，目不转睛地看着他。

“你干吗要大半夜来搞？”祐太郎边说边坐了下来，但是老玉并没有接近。

“我想趁祐哥不在的时候弄好，给你个惊喜啊。”

遥那用胶带贴住彩条，从矮桌上走了下来。那上面还摆着一块红白相间的布。祐太郎拿起来一看，原来是件特别小的圣诞老人服。

“啊，那是老玉的。我想给它穿上，结果它跑了。”

“哦，原来如此。”

他又看了一眼厨房，老玉已经没影了。

遥那在脚下的大口袋里又翻又找，最后拿出一个小花环。

“就剩这个了，要挂在哪里？门口？”

“嗯，怎么说呢，要是挂在门口，总感觉那不是圣诞花环，而是什么施法道具了。”

“这东西本来就是驱魔的，说起来也不算错。不过也对，确实很不合适，还是挂在屋里吧。就在绿色彩带跟红色彩带重叠的地方怎么样？”

遥那把花环递给他，祐太郎苦笑着站了起来。那个花环好像是手工做的。

“你自己做的？”

“那当然了，谁会买花环啊。用我家院子里的藤树做底，到公园捡几个松果，配上你家院里的草珊瑚，再随便配点小花小叶子。每年我都是这么做的。你家院里的草珊瑚现在还会结果呢。”

“哦，草珊瑚啊。”

脑中突然浮现出一个光景，让祐太郎忍不住叫了一声。他从外面回来，终于松了一口气，打开大门走进温暖的家中，看到坐在地毯上的两个少女。

“是啊，的确是。”

当时他在上初中，铃还是小学生。他结束社团活动回家后，铃和遥那正在起居室里做花环。

“那根本不像花环，反而有点像狗项圈啊。”祐太郎说。

“狗项圈？好过分啊。”遥那提高音量，转头看着祐太郎，“欸？祐哥？怎么了？”

“对啊，那时遥那也是这么说的。”

祐太郎凝视着手上的花环，寻觅脑中的记忆。

“我说这东西像狗项圈，你就说我好过分。”

“很快就变得像花环了。对不对？”

铃对气鼓鼓的遥那这样说道。然后，她还跑到院子里摘了带绿叶的红色果实。插在头上一看，很适合铃。当时，祐太郎心里就是这样想的。

“我都忘了铃和遥那每年都会一起做花环。”

“嗯……祐哥，你没事吧？”

“我以为自己都记得。我以为自己记得所有关于铃的重要回忆。可是，我却把这么重要的回忆给忘了。”

遥那双手握住了祐太郎僵硬的手。

“你这不是没忘吗？不是想起来了吗？”

“我会不会还忘了别的事情啊？会不会弄丢了重要的回

忆啊？”

“可能忘了。不过即使现在没忘记，将来也可能会忘记。这是没办法的，毕竟我们不是机器人啊。”

“我该怎么办？”

祐太郎突然感到无比疲惫，颓然跪倒在地。

“只要想起来就好啦，每次只要尽量想起来就好了。”

“可是那样不会忘得越来越多，让记忆越来越稀薄，总有一天完全消失掉吗？”

“应该会吧。”

“那会让人很伤心吧？”

“很伤心啊。特别伤心。”

“那该怎么办？”

“跟现在一样啊，祐哥。遇到这种事，只要哭一场就好了。”

遥那把脸凑到垂头丧气的祐太郎旁边，泪水落在他手上的花环里。他没有呜咽，也没有颤抖，只是泪水不断滑落。

他想要的，或许就是静静流泪的时间吧。

祐太郎看着泪水打湿的花环，感到心情稍微缓和了一些。

第二天早晨，祐太郎来到人生删除事务所，圭司依旧坐在老地方。他走到办公桌前，把U盘往桌面上“啪嚓”一放，朝圭司推了过去。

“这个还给你，我好像用不着了。”

圭司看了看被推到面前的U盘，又抬头看向祐太郎。

“有了这个，你就能揭露所有隐瞒你妹妹死因的人的罪行。这不是你最想做的事情吗？”

“是啊，我也觉得。可是我想错了。”

“你可别跟我说什么做再多事情也不能让死人复生这种蠢话。这是你的问题，你应该去战斗。有了这个，你就能胜利。”

“我的愿望只有一个，就是在想念铃的时候，可以用纯粹的感情去想念她。就这样。我不希望怨恨谁，猜疑谁，也不想责备自己，为自己感到羞耻，我只想去掉那些感情，纯粹地想念铃。只要能这样，我就满足了。”

“室田虽然死了，日下部和富坚都还活着。你真的要原谅那些人？那我父亲做的事情呢？你们一家人因为这个而分崩离析，难道不是吗？还有我做的事情。我为了不让舞和母亲知道，亲手删除了父亲的所有污点。那是不配得到原谅的行为。”

圭司瞪着祐太郎。他好像在生气，又好像在感叹。

“如果圭心里是这么想的，那就由圭来用它吧。”

圭司的目光有所缓和。

“我来？”

“如果你觉得这个数据关系到这么多无可原谅的行为，那圭要怎么样才能原谅？”

“我要怎么做？”

“不知道。这是圭自己决定的事情。可以透露给媒体，也可以交给警察，或者只拿给舞小姐和你母亲看。也可以不给任何人看，这辈子都瞒着这件事。我觉得那也算一种决意。还有很多别的做法，不是吗？你自己想想，到底要怎么做，才能在回忆起父亲的时候，能够单纯地去回忆他吧。因为圭比我聪明多了。”

圭司凝视着U盘。过了一会儿，他小声说：

“是吗？原来这一开始就是我的问题啊。”

圭司抬起头。

“是这么回事吧？”

“如果你要这么说……”祐太郎点点头，“我觉得就是这么回事。”

圭司点了几下头，拿起U盘，转向台式电脑。

“祐太郎，你可以回去了。”

“啊？”

“我会再联系你。”

意思是“在那之前都不要过来”吗？祐太郎一时难以理解圭司的真意，但很快便了然了。

这个事务所原本就是圭司为了掩饰父亲的罪行而创建的。如今父亲的罪行已经曝光，圭司恐怕也很难找到继续做下去的意义了吧。他更加没有理由继续雇用代表了父亲罪行的人。

“知道了。”祐太郎点点头。

他想不到什么离别的话语，道谢又好像有点不太对。

祐太郎转身背对圭司，抓住门把手，又回过头去。圭司已经把目光转向了屏幕，正在操作键盘。

祐太郎看了一眼事务所。

照不进阳光、满眼裸露着水泥的房间。他早已熟悉的沙发，大桌子，高高的书架，散落在地上的棒球、篮球和网球拍。

祐太郎又看了一眼办公桌对面的圭司。

第一次来到这里，事务所就像异世界，而坐在那里的人则是孤独的异世界之主。现在他将要离开的事务所，是能让他放松心情的地方，那里还有个能够敞开心扉的朋友。

他将来一定会独自闭上眼睛，想念这里的光景吧。祐太郎心里有种预感。

“你头一次叫我的名字。”祐太郎说。

“是吗？”圭司含糊地应了一声，又瞥了一眼祐太郎，“代我向老玉问好。”

“没问题。”

祐太郎点点头，走出事务所，关上了门。

他没等到介绍老玉跟圭司认识的机会，真是太可惜了。

没过多久，相和医大附属医院就联系了祐太郎的父亲。几个人找上门去，承认铃的死因是治验药的副作用，并当场谢罪了。第二天，医院还召开了记者发布会，向媒体做了同样的说明。为此，“相关数据管理公司的员工”接受了警方的传唤，但没有遭到逮捕，也没有被曝出真名。富坚的名字虽然被报道了，但是正值年末的忙乱，世间对九年前的事件并没有抱以太大关心，因此媒体也没有进行详细报道。没有任何人提到坂上法律事务所。祐太郎也不知道了解内情的圭司和继承了法律事务所的舞有没有被警方传唤。他总觉得有点不过瘾，但也认为能这样就不错了。

祐太郎结束默祷，睁开眼睛。线香飘出了一缕细烟。他身边的遥那也几乎同时放下了合掌的双手。这是他头一次跟别人一起来给铃扫墓。

“祐哥，你打算今后怎么办？”

遥那蹲在地上看着墓碑，然后又转过来看着祐太郎。

“换一份工作。”

祐太郎把墓前蔫掉的花束包在报纸里，这样回答道。花虽然蔫了，但没有干枯。是父亲来过了，还是母亲来过了？应该是两三天前来的。

“应该说，已经换了。”

“啊？我怎么没听说？是什么工作啊？”

遥那一屁股坐到了地上。

“那是个搞遗物整理和二手货买卖的店。老早就有人叫我过去帮忙了。”

“怎么又是那种感觉有点问题的工作啊。”

遥那抱着双膝说。

“遗物整理就遗物整理，卖二手货就卖二手货，那样还算好理解。你那家店是怎么回事？把遗物当成二手货卖掉？遗物整理收一笔钱，卖二手货再卖一笔钱？”

说完，遥那转头对墓碑咕哝道。

“铃啊，你说祐哥为啥总干那种可疑的工作呀？”

要是铃真的在这里，她会怎么回答呢？

“没有那种事。那工作两头都能帮到人啊。”

祐太郎也坐到了地上。他那句话有一半是说给墓碑听的，连他自己都觉得有点好笑。

“那可不好说啊。”遥那笑着，又有点迟疑地问道，“你之前那份工作真的不干了？”

他已经把圭司和人生删除事务所的事情大致对遥那说了一遍。

“是啊，恐怕没戏了。”

“我会再联系你。”

祐太郎知道，那是圭司跟他道别的话。实际上年关已经过了一段时间，圭司一直都没联系他。

“是吗？唉，那也没办法。”

“我再去那里总有点不自在，恐怕圭也是在替我着想吧。”

一个中年男子拎着塑料袋走了过来。他应该是陵园的清扫员。那人朝他们点点头，二人也回了礼。清扫员又靠近一些，对祐太郎说。

“我帮你收了吧？”

“啊，哦。”祐太郎说着，把包花的报纸递了过去，“不好意思，麻烦你了。”

清扫员把报纸塞进垃圾袋里，又问了一句。

“你哥哥怎么样？”

“哥哥？”祐太郎愣了，反问回去，“啊，你说我？嗯，我挺好。”

这回轮到清扫员愣住了。

“啊，不是。我是说你的哥哥……哦，那不是你哥哥吧？不好意思。我还以为那个来这儿献花的人是你哥哥呢，就坐轮椅那个。”

“那是……”

祐太郎哽住了，停下来深吸一口气，然后吐出来。

“那是我朋友。”

“哦，是朋友啊。原来如此。”清扫员点点头，看向墓碑，“那人在这儿待了好长时间。”

“是吗？”

清扫员又对二人点点头，转身离开了。

祐太郎看着墓碑，想象圭司推着轮椅来到他坐的地方，闭起眼睛合掌的样子。圭司对铃说了什么呢？

“我会再联系你。”

或许那不是道别的话语，而是没有期限的约定。他突然这样想。

“走吧。”

祐太郎对遥那说了一声，然后站起来。遥那摸了摸铃的墓碑，两人一起离开了。

在不远的将来……

祐太郎走在遥那身边，想象着……

休息日的午后，遥那坐在矮桌那头，老玉趴在他的腿上。聊不尽的闲话家常。玄关打开的声音，生硬的语调。跟在老玉后面来到玄关，看到那张总是很不高兴的脸。

如果不远的将来，他能见到这样的光景，那一定会成为永不消失的记忆吧。

拂过脸颊的风冰凉宜人。祐太郎停下脚步，朝天空伸了个大大的懒腰。遥那回过头，对他露出了微笑。

图书在版编目（CIP）数据

人生删除事务所．归零 /（日）本多孝好著；吕灵芝译．— 成都：四川文艺出版社，2020.9
ISBN 978-7-5411-5721-9

Ⅰ．①人… Ⅱ．①本… ②吕… Ⅲ．①长篇小说－日本－现代 Ⅳ．① I313.45

中国版本图书馆 CIP 数据核字（2020）第 087718 号

著作权合同登记号 图进字：21-2020-263

RENSHENG SHANCHU SHIWUSUO. GUILING
人生删除事务所．归零
［日］本多孝好 著　吕灵芝 译

出品人　张庆宁
策划出品　磨铁图书
责任编辑　邓　敏
责任校对　汪　平

出版发行　四川文艺出版社（成都市槐树街 2 号）
网　　址　www.scwys.com
电　　话　028-86259287（发行部）　028-86259303（编辑部）
传　　真　028-86259306

邮购地址　成都市槐树街 2 号四川文艺出版社邮购部　610031
印　　刷　三河市冀华印务有限公司
成品尺寸　145mm × 210mm　　开　本　32 开
印　　张　7.75　　字　数　150 千
版　　次　2020 年 9 月第一版　　印　次　2020 年 9 月第一次印刷
书　　号　ISBN 978-7-5411-5721-9
定　　价　45.00 元

文治
磨铁图书旗下子品牌

更好的阅读

特约监制 潘 良 于 北
产品经理 单元皓
特约编辑 胡瑞婷
版权支持 冷 婷 郎彤童
装帧设计 所以设计馆

关注我们

官方微博：@文治图书
官方豆瓣：文治图书
联系我们：wenzhibooks@xiron.net.cn